レイシャ
「エートうれしいと、レイシャうれしい」
後藤《ゴトウ》瑛斗《エイト》
「それじゃあ、ちょっと異世界へ行ってくる」

ハイエルフと行く
異世界の旅

めたるぞんび

ぶんか社

C O N T E N T S

踏破した道のり、様々な街並み。戦いや、冒険や、人との出会い。
思い出の一つ一つが、落ち葉のように深く高く積み重なる。
やがてそれが一つになって、宝石のように輝き出すのだ。

ハイエルフと異世界の旅

うちの裏山には、異世界へと通じるトンネルがある。

戦時中、防空壕を作っていた爺ちゃんが、うっかり掘り当ててしまったのだ。

終戦後、東亜《とうあ》から日本へ戻った爺ちゃんは、本業の畑仕事に精を出して働いた。

その作業の傍らでちょくちょく異世界へ行っては、大冒険を繰り広げていたそうだ。

異世界とは、剣と魔法と冒険の満ち溢れた無限の空と海と大地が広がり、多種多様な亜人類が生活し、容貌魁偉《ようぼうかいい》な怪物が跋扈《ばっこ》する世界だ。

爺ちゃんはその異世界に蔓延《はびこ》っていた魔の手から、たびたび人々を救った。

結果、最終的には世界を滅ぼさんとした魔王を、激戦の末に討ち倒したという。

だから、向こうの世界で爺ちゃんは『勇者』と呼ばれている。

そんな爺ちゃんが子守唄代わりに聞かせてくれた、お伽噺《とぎはなし》のような勇者の冒険譚。
それを聞いて育った俺は、いつか異世界で冒険したいと想うようになっていた。

異世界へ行ってみたい。
異世界へ行って、爺ちゃんのような大冒険をしてみたい。
そうして俺は、爺ちゃんみたいな勇者になるんだと心に誓った。
幼い頃から持ち続けた願いと憧れは、いつだって夢に見るほどに強かった。
夢を叶えるその時のために、俺は目一杯頑張ることに決めたのだ。
走ったり、泳いだり、竹刀を振ったりして、体を鍛えた。
薬学、天文学、航海術——色んな本を読んで、知識を蓄えた。
いつか来るべき大冒険に備えるために。

「十六歳になったら行っていいぞ」

そう爺ちゃんからお許しが出たのは、俺が十三歳の誕生日。
この年——大好きだった爺ちゃんが亡くなった。
凄く悲しかった。言葉では言い表せない程、悲しかった。

勇者になった俺の姿を、誰よりも爺ちゃんに見て欲しかったからだ。
泣いて泣いて、泣き腫らして。
ひとしきりそうしてから、俺は前を向くことに決めた。
如何なることがあろうとも、決して挫けない。
あの時の誓いを胸に抱いて、前進することに決めたのだ。

あっという間に三年が経ち、十六歳になった日の朝。
俺は、憧れだった異世界へと続くトンネルをくぐる。
やっと大冒険への第一歩を踏み出したのだ。

そして——
憧れの異世界へ足を踏み入れてから、早半年が経とうとしていた。
これは、そんなある日のことだ。
異世界の長いトンネルを抜けると、

「おっそーい!!」

金髪碧眼の美少女ハイエルフに、いきなり怒鳴りつけられた。

◆

大陸の盟主・エディンダム王国の北方、国境地帯に広がる大森林・グラスベル。

如何なる国家にも属さぬこの森は、昼なお暗き神秘の樹海と精霊の加護を以て人類の侵攻を拒み続ける。絶対不可侵《グラスベル》と呼ばれる聖地の一つである。

その西南、グラスベルに唯一接するように、イラという名の街がある。森と調和し共存するこの街を、旅人は『グラスベルの玄関街』と呼んだ。

そんな美しい木々と水源豊かなイラの近郊、街道を少し離れた緑深き森の中。

ここに『悠久《ゆうきゅう》の蒼森亭《あおもりてい》』という名の酒場兼宿屋がある。郊外には珍しく複層階から成るこの建物は、主に二階までは酒場、三階より上階が宿屋となっていた。

この建物は一風変わっており、『階層に上限はない』と口承される。

それもそのはず、『悠久の蒼森亭』は、樹齢数千年を超える古代樹の内部を巧みに掘り抜いて造られている。つまり生きた樹木と構造物が一体となっているのだ。

よって基礎となる古代樹が幹枝《かんし》を上へ上へと伸ばせば伸ばす程、上層階の増築が可能となる――

そういう仕組みだ。

その『悠久の蒼森亭』酒場の二階。オープンテラスとなっているウッドデッキ上。

異世界にて勇者を夢見る少年――後藤瑛斗《ごとうえいと》は、ここにいた。

「で？」

明らかに不貞腐れたこの声の主は、いきなり怒鳴りつけてきた先程のハイエルフだ。

特徴的な尖った長い耳。白磁のように白く透き通るような肌。蜂蜜のように滑らかな金髪と、サファイアのように輝く碧眼。何よりも紛うことなき美少女である。

そんな彼女は瑛斗の目前の席に陣取って、明らかに不機嫌そうな表情を浮かべていた。

「で？」

テーブルをトントンと指で叩きながら、再び問う。並んだ料理の皿に手を付けぬところを見るに、何らかの抗議をしているのだろう。

大冒険を夢見た瑛斗が異世界への第一歩を踏みしめて、早半年。

それなのに、なんで酒場で美少女ハイエルフに絡まれているんだろうな、なんて悪びれることなくぼんやりと考えた。その間に彼女の機嫌はますます悪くなりそうだ。

とはいえなんら心当たりがない。かといってこのままでは埒《らち》が明かない。

仕方がないので怒られる覚悟を決めて、尋ね返してみることにした。

「で？　って、なに？」

「まだ分からないかしら？」

「えっと、うーん……なんだろうなぁ？」

軽く小首を捻った瑛斗が屈託なく答えると、彼女の整った柳眉《りゅうび》に感情が乗り、絶妙な曲線を描いて吊り上がった。

「なによ、分からない？　この私を五日間も待たせておいて！」

キッと睨みつけ、音を立ててテーブルを叩いたハイエルフの美少女——名前はアーデライードという。彼女は何を隠そう、爺ちゃんと世界を救った六英雄の一人、らしい。

「そりゃあ、学校があるからだよ」

だから今は、土日祝日しか異世界へ行くことができない。

「あなたたちはいっつもそう！　そう言って、たまにしかこっちにこない！」

「だって、学校をサボるわけにはいかないだろう？」

「なによ！　学校と私、どっちが大事なの!?」

いきなり倦怠期の幼な妻みたいなことを言い出した。

「ちょ、ちょっと待ってよ。それがこっちにくるための約束なんだ」

学業を怠るなかれ。それが異世界へ行くために両親と結んだ最低条件だ。

「ふん、異世界って不便ね！」

なるほど。こっちの世界の者にとっては、瑛斗のいた世界が異世界か。

瑛斗が妙なところで感心している間に、再びアーデライードにそっぽを向かれてしまった。眉間に小さな皺を寄せて白い肌を紅潮させているのが、長い金髪で隠れる横顔からでもよく分かる。

問答無用で瑛斗をここ『悠久の蒼森亭』に連れ込んでから、ずっとこの調子だ。

こうなると瑛斗には為す術がない。ここ半年の付き合いですっかり慣れた状況とはいえ、このまま放っておいたら貴重な土日が失われること請け合いだ。

いつもは彼女の我儘の前に玉砕しているが、いっそ当たって砕けてみるべきか。瑛斗は意を決して、なだめてみることにした。

「ねぇ、ごめん。悪かったよ。君の気持ちを考えなくてさ」

「なっ、急になによ……！」

「でもさ、もう暫くしたら春休みになる。そうしたら二週間くらいは、こっちにいられるようになるから……ねっ？　それまで我慢してくれないかなぁ？」

瑛斗は生まれてこの方、女縁など無きに等しい。よって女子をなだめた経験もアーデライード以外は皆無だ。そのせいか、どうも子供に話しかけるような口調になってしまう。

アーデライードもそんな不慣れな様子の瑛斗が多少は気になるようで、ジトッとした目つきではあるが、こちらの様子をチラチラと窺いつつ聞いている。

瑛斗としては、如何に覚束《おぼつか》なくとも精一杯の誠意を以て説得に当たるしかない。

「君が俺のことをずっと待っててくれたのは、分かったからさ」

「えっ、あっ、はぁ？　別にアンタのことなんかちっとも……！」

アーデライードが勘違いするな、とばかりに憤慨して顔を向けた。

いつもはここで気圧《けお》されて口を噤《つぐ》んでしまう。だから今日は、彼女がこちらを向いた機を逃さず、瞳を真っ直ぐに覗き込んで真剣な眼差しで畳み掛ける。

「春休みになったらずっと一緒にいるって約束する。絶対に約束する！」

瞬間、アーデライードの動きが固まった。

「だから機嫌を直してくれないかなぁ……ねっ？」

自分にできる謝罪と、精一杯柔和な笑顔。これでダメならもうお手上げだ。

だが瑛斗の笑顔を見たアーデライードは、への字に曲げていた口を小さく開いて、何処か遥か遠くの幻影でも見たかのような顔になった。

瑛斗が映り込むサファイア色に輝く大きな瞳は、郷愁とも憧憬とも似た色彩を帯びて、仄《ほの》かに潤んで見える。

「えっと、あの……アーデライードさん？」

不安げに呼びかけた瑛斗の声に、アーデライードはハッと我に返った表情を見せたかと思うと、すぐさま顔を伏せた。そのまま一切顔を上げることなく――絞り出すように発した声は、微かに震えていた。

「……なんでもない」

もしかして今、ちょっとだけ惚《ほう》けていた？　それとも、はにかんで――

「あの、アーデライードさん、今……」

「はぁ？　今なんて言ったのかしら？」

打って変わって鋭い眼差しで瑛斗を睨むと、キツい口調が投げナイフのように飛んできた。

「えっ、ま、まだ何も！　アーデライードさんって呼んだだけで！」

「それよ。……まったく、半年経つのに全ッ然慣れないのね」

顎を少し下げたまま口元を手で押さえ、不機嫌そうに細めた片目だけ瑛斗へ向けた。

顔の半分が手で隠れているため、アーデライードから確かな表情を窺い知ることはできない。何か湧き起こる感情をグッと抑え込んでいるように見えるが、それを読み取れるほどの余裕が瑛斗にはなかった。

「いいかしら？　あなたと私は、もう同じパーティの仲間なの」

「うん」

「だから……」

アーデライードは不意にそっぽを向くと、呟くようにぼそりと不満を吐き出した。

「なんかそれ、他人行儀で好きじゃない」

「えっ、なにが？」

如何にも鈍感そうな表情の瑛斗を、溜息交じりに一瞥すると、

「……アデリィでいい」

アデリィ——それはアーデライードの愛称だろうか。相変わらずそっぽを向いたまま、口を尖らせてそう言った。

「えっ？」

「私のことは、アデリィでいいって言ってんの！」

今度は駄々っ子のようになった。彼女の紅潮した頬は、怒っているからなのか。それとも照れているからなのか。一体何なのか、瑛斗にはさっぱり分からない。

「アンタだけよ！　アンタだけは、私のことをアデリィと呼びなさいっ！」

「わ、分かったよ！　うん、分かった……アデリィ」

意を決して言われた通りに呼んでみる。何処かこそばゆい。しかし生真面目な瑛斗は、至って真剣な表情でアーデライードをそう呼んだ。

それを見たアーデライードは、白磁のような透明な肌を仄赤く上気させながら、ぐっと感情を抑え込んだような複雑な表情になって、

「ん、よくできました」

そう言うと小さな彼女は、背伸びをしながらテーブル越しに瑛斗の頭を撫でた。

頭を撫でられながら、アーデライードの表情を窺ってみる。前髪に隠れてよく見えないけれど、きゅっと結んだ口元は、ちょっと微笑んでいるように見えた、ような気がする。

「さ、とっとと食べちゃいましょう」

言うが早いか、テーブルに並ぶ料理――ニシン科の油漬け《オイルサーディン》サラダを頬張り始めた。

何処に機嫌を直す要素があったのだろうか。瑛斗にはまるで分からない。鳩が豆鉄砲を食らったような気分であったが、機嫌がよくなったならそれでいい。

瑛斗は勧められるままに、フォークを手に取ることにした。

◆

ずらりと並んでいたテーブルの料理が、半分ほど片付いた頃か。

「で？」

金髪碧眼のハイエルフに、またこの一言で尋ねられた。

先程同様、怒られぬよう趣旨を思案していると、今度はすぐに解答がきた。

「少しはこの世界に慣れた？」

「ああ、うん。慣れたよ。なにせ日本語が通用するしね」

「日本語……ああ、共通語《コモン》ね」

異世界では五十年ほど前から日本語が共通語となっている。

「なにせ勇者ゴトーの言語だからね。今では何処でも共通語として通用するわよ」

爺ちゃんの本名は後藤瑛吉《えいきち》。ごとうがゴトーと変化してそう呼ばれている。

異世界を滅ぼさんとした魔王を討ち倒す——爺ちゃんは世界を救った勇者である。

その勇者が操る今まで何処にも存在しなかった言語は、異世界に一大センセーションを巻き起こしたという。

「当時はね、みんな彼の言語をこぞって覚えていたわ」

まずは王族を中心に流行し、果ては全大陸の共通言語として扱われるまでになった。

「ち、な、み、に……卓越した言語能力で彼の言葉を翻訳したのは、この私だから！」

近年稀に見るドヤ顔で、アーデライードは胸を張った。

けれどその後ですぐに冷静な表情に戻ると、じっと瑛斗の目を見つめ、

「けどね、勘違いしちゃ駄目よ」

と、フォークを指し棒のように瑛斗へ向けて、教師みたいな口調で言った。

「どういう意味？」

「勇者ゴトーの言語が、ここまで広まった理由」

アーデライード曰く、ただ単に『戦により世界を救った勇者ゴトー』の言語だからというわけではない。もう一つの大きな理由があると言う。

「勇者が世界全土に勇者として広まった一番の功績——それは『農業革命』よ」

言われてみれば、爺ちゃんの本業は農家である。

「想像してご覧なさい。戦場となり荒廃した農地を。或いは草木も生えぬ広大な荒野を。彼の知恵

と努力と不屈の精神が、それらを黄金色の麦畑に変えたのよ。その光景を初めて目にした時の感動たるや、筆舌に尽くしがたいわ！」

アーデライードはすっかり流暢《りゅうちょう》になった日本語で爺ちゃんを讃える。

戦中戦後、食糧難の時代を生き抜いた爺ちゃんのことだ。魔王の熾《おこ》した戦禍により、異世界も同様の状態に陥っているのを、見過ごすことなどできなかったのだろう。

爺ちゃんはただ一人、黙々と荒野を耕し続けた。酔狂と罵られ、嘲笑を背中に浴びながら、ただひたすらに大地と向き合った。

やがて努力は実を結び、荒野は豊かに穂を垂らす黄金色の麦畑へと姿を変えたのだ。

かつての荒れ果てた大地を知る人々は、その光景を前にして呆然と立ち尽くした。諦観と絶望の只中にいる人々に、爺ちゃんは奇跡のような光景を見せつけたのである。

そうして爺ちゃんの持ち込んだ農業知識と技術は、異世界に大革命をもたらした。

また、肥沃《ひよく》な農地へと開墾《かいこん》するだけではなく、並行して未だ嘗《かつ》てない『治水改革』も推し進めた。

それにより干ばつや洪水の人的被害を格段に減らしたという。

最前線の開拓者である彼は——勇者ゴトーは、誰よりも人心を掴んだのである。

人々は爺ちゃんに教えを請いたいと、誰もがこぞって彼の言語を覚えるようになった。その動きは王族や平民の分け隔てなく、果ては王国内に留まらず国境を越えて大陸全土に広まって、遂には大陸全土に渡って共通語となったのだ。

「彼は武力一辺倒の勇者じゃない。その魅力は何よりも人望と優れた治世者として、よ」

幼少の頃、枕語りに聞かされていた冒険譚は、子供でも飽きぬよう面白可笑しく工夫されたほんの一端である。今では瑛斗もそれを分かってはいたが、生き証人である六英雄の一人から聞かされると、ますます真実味を持って迫るものがある。

アーデライードは爺ちゃんのことを語る際、とても熱心な口調に変わる。

その様子を見るに、この世界で爺ちゃんを知る一番の理解者は、もしかしたら彼女だったのかも知れない――なんとなく瑛斗はそんな気がしていた。

「それにしても、日本語は複雑で難解な言語だったわ」

そう言う彼女は、ハイエルフの操るエルフ語から古代精霊語、現在《サイレント》の精霊語魔法《スピリット》のみならず、古代魔法語《ハイエイシェント》から神聖語《ホーリープレイ》、各国の言語から各種族の言語まで幅広い言語知識を持つ。

ハイエルフの住む森で、言語学の天才児と称されていた十六歳の時。閉鎖的だった故郷の森を飛び出して、研究者として旅をし始めたのだそうだ。

そう言うだけあって彼女は数多くの言語を知っていた。いや、知っていたつもりだった。

「あの人と旅をして、私は井の中の蛙《かわず》だと思い知らされた」

そう言うと、指でとんとんとテーブルを叩いて瑛斗を詰問し始めた。

「日本語って五十音って言うけれど、あれって嘘じゃない？」

アーデライードに言われて、五十音順に指折り数えてみる。

「えーっと、あ、か、さ、た……あれ？　四十六文字しかないから？」

日本語の仮名はよく「五十音」と言われている。だがそれはあくまで昔の話。いろは歌四十七文字を経た現代では、学習指導要領上で「ゐ、ゑ」を加えて四十八文字だ。

「そうね。でも、それだけではないわ」

「……ああそうか、濁音か！」

「それに半濁音もあるわよ」

アーデライードの言う半濁音とは「ぱ」行のことだ。濁音には「が、ざ、だ、ば」行があるので、これを加えて七十三文字。

更に「ぁ」行と「っゃゅょゎ」という、促音や拗音《ようおん》で使う「捨て仮名」を含めると、ひらがなだけでも八十三文字ある。カタカナでは「ヴ」なんていうのもある。

「それに加えて漢字という表意文字の多さといったらないわ」

常用漢字は二千百三十六字、音訓では四千三百八十八。また同じ発音をする言葉でも、どの文字種を使うかで微妙に意味を変えられる。

「例えば、あついという言葉だけでも、熱い、厚い、暑いで微妙に意味が違うのよ。翻訳作業に取りかかった当初は、本当に気が狂うかと思ったわ」

当時のアーデライードが知り得る、どの言語よりも複雑で多様な表現を持っていた。

「けれど、解読する内にかなり精錬された言語だとも理解できた」

「というと?」

「そうね、兄という言葉だけでも、お兄さん、お兄ちゃん、お兄様、兄貴、兄上、兄者、おにい、にいや……なーんて、呼び方は多種多様にあるでしょ。場合によって巧みに使い分けられるなんて、素敵じゃない」

正直、アーデライードの例えはどうかと思ったが、異世界での言語表現は、前時代の異世界よりもずっと多彩に、ずっと豊かになったということだ。

それ以降、盛んになった語学研究により異世界全体の知識レベルが上がったのではないか、とアーデライードは考えているそうだが、これはまた別の話である。

「ところで知っているかしら?」

秀麗な顔をどこか悪戯っ子のように歪ませて、唐突に異世界クイズを出してきた。

「この世界には三大魔道書や三大聖典の他に、三大辞典と呼ばれるものがあるのだけれど、そのうちの一冊は、何でしょう? それはあなたも知っているはずよ?」

「へぇ、なんだろ……?」

「それは『コージエン』と呼ばれているわ」

「広辞苑!」

「未だ存在しえない技術で綴られた書物で、共通語研究に欠かせない貴重な辞典。未来を示唆する予言めいた記述も数多く記載され、原書はこの世に数冊しか存在せず。ごく限られた者しか手にできぬ宝物《ほうもつ》ね」

そう言って手近なチーズフォンデュを引き寄せると、ちぎったパンにたっぷりととろけたチーズを乗せて口の中へ放り込む。

「まぁ、そのうちの一冊は、当然私が持っているのだけれど」

口元に付いたチーズをペロリと舐め取って、得意げな顔を見せた。きっとそれは爺ちゃんがアーデライードのために持ち込んだものなのだろう。

「それなら今度こっちへくる時に、一番新しい広辞苑を持ってくるよ」

「えっ、本当に!? 嬉しい！ ねぇ、絶対、絶対に約束よ！」

珍しい。いつもはツンと澄ましたアーデライードが、飛び上がらんまでに両手を上げて歓喜した。こうまでして喜んでもらえるのならば、プレゼントするだけの価値があるというものだ。

「それにね、勇者ゴトーの功績はこれだけに留まらないわ！」

すっかりご機嫌になったアーデライードは、嬉々として勇者ゴトーの英雄譚を語り始めた。瑛斗としても爺ちゃんの山ほどある伝説は、幾らだって聞いておきたいものだ。

熱を帯びるアーデライードの講釈に、負けないくらい熱心に耳を傾けることにした。

「実はこの建物だって、彼の大きな功績の一つよ」

「この建物って、この『悠久の蒼森亭』のこと？」

「もちろん！」

ここ『悠久の蒼森亭』は、樹齢数千年を超える古代樹の内部を巧みに改造して、生きた樹木と構造物が一体となっている稀有な建築物であることは、前述の通りだ。

この構造と仕組みの核心。それは樹木を殺してしまうどころか、決して衰弱させることすらないところにあるという。

「この技術は人類だけの技ではないわ。人知を超えたこの建物は、樹木の特性と造形知識を極めた亜人類《デミ・ヒューマン》らが、知識と技術の粋を尽くした結果なの」

人類である爺ちゃんを筆頭として、エルフ族の樹木に関する豊富な知識と、ノーム族の精緻な工芸力、ドワーフ族の質実剛健かつ繊細な技術力。これらの叡智《えいち》を全て集結させて完成させたのだという。

「つまり、どういうこと？」

「まず私たち亜人類って、人類とは元より種族間の仲が凄く険悪だったの」

未知の存在に対して共有の情報を持たぬ時代の世界である。それぞれの種族にとって、自らと異なる強大な能力を持つ他種族というものは、単なる脅威でしかない。

各種族は他の種族に偏見を持ち、時に忌み嫌い、時に嘲《あざけ》り、時に恐れる。

「お互い険悪だった人類と亜人類ら双方から、勇者ゴトーは実績と人望で、様々な種族から信頼と敬愛を勝ち得た」

「そうか、だからこそ成し得た功績、か……」

人類と亜人類らが手と手を携え、語らい、共存できる場所を爺ちゃんは願った。

各種族らは勇者の願いに応えるべく、種族の垣根を越えて彼のもとに集い、力を合わせて前人未踏の建築物を完成させたのだ。

そうしてでき上がったシンボルの一つが、この『古代樹の塔』であった。

「とても画期的で、素晴らしい出来事だったわ！」

この世に双並《なら》びないこの勇壮な建物を、爺ちゃんは何の躊躇《ちゅうちょ》なく人々に開放した。

旅人たちの憩いの場となるように酒場が開設されると共に、大広間や会議室、遠方からの来客を想定して宿屋を併設していった。

そうして今に姿を残すのが、この『悠久の蒼森亭』なのである。

「だからこの建物も、勇者ゴトーの立派な功績の一つなのよ」

数千年の時を経た古代樹そのままに創建された勇壮な姿形。一度訪れた旅人の心を掴んでは、決して離さないだろう。だが、創造した者たちが施した魔法と精霊の加護により、勇者の理念とその思想から外れた者は、決して辿り着くことのできぬ場所。

よってこの名店を訪れることができる者は、幸運と精霊に愛された極少数に限られるのだ。まさに知る者ぞ知る、旅人たちに羨望される隠れた名店なのである。

ちなみに、この建物の入り口に立つ店の看板は、爺ちゃんの手書きなのだそうだ。

「そうか……」

異世界へ訪れる度に、さも当然のようにアーデライードに引っ張ってこられたこの酒場が、爺ちゃんの残した痕跡の一つだとは。さすがに思いも寄らなかった。

そう知り得た上でこの酒場の内部を見渡すと、感慨もひとしおである。

「アデリィは、ただお酒を飲みにきたかっただけじゃなかったんだね」

「んん、何か言った？」

アーデライードはちょうど葡萄酒《ぶどうしゅ》の入った木樽ジョッキを手にしたところであった。

「いや、なんでもない」

どうやらお酒はお酒で大変お好きなようである。

ほんのりと桜色に染まった頬をしたほろ酔いの美少女は、金色の長い睫《まつげ》を揺らしてチラリとこちらを見た。

「何か言いたそうね」

「そんなに飲んでよく酔わないね」

「私は精霊使いよ？　酔うのは精霊の仕業。だから私には関係ない」

アーデライードの言う通り、いくら飲もうといつも澄ました顔をしている。

彼女曰く、水の精霊が常に体内を駆け巡っているのだという。それにより酒酔いや狂気の精霊を近づけさせない。よって酔い潰れることはない。最高位の精霊使いとは、そういうものだ——という説明であった。

「それが高位精霊使い《シャーマンロード》のアーデライード……か」

「そうよ」

彼女は異世界に於いて、最高位に位置する精霊使いであるという。

瑛斗はそれをよく知っている。何故ならば幾度となくアーデライードの召喚術を目にしてきたから。そうして彼女の実力を、その身を以て実際に味わっているからだ。

それというのも、瑛斗は異世界へ足を踏み入れたあの日より半年間ずっと、アーデライードによる剣と魔法の稽古ばかりで、冒険らしい冒険を一切させてもらえないでいる。

まずは異世界で生き残るための修業を――それが彼女の言い分だった。

だがそう言うだけあって、アーデライードのつける稽古は素晴らしい。

自身の巧みな剣術、身軽な体術。そして精霊使い最高峰の召喚術。彼女による教授《レクチャー》の中で繰り出される高位精霊魔法と、それにより呼び出される様々な精霊たち。魔人の如き精霊や巨大な神獣を見せつけられては、毎度度肝を抜かれたものだ。

何よりも豊富な経験から生み出される戦術《タクティクス》が、最も優れているとよく分かった。それが分かったからこの半年間、瑛斗は文句も言わず淡々と稽古を受けてきた。

「思えばあの日、最初に出会ったのがアデリィだったね」

「ん、そうね……」

アーデライードはつまらなさそうな表情で頬杖を突きながら、木樽ジョッキのフチを人指し指でそっとなぞる。

瑛斗が異世界へ最初の一歩を踏み出したあの日——長いトンネルを抜けると其処《そこ》は、昼なお暗きグラスベルの森の中。だが洞窟出口の正面、ただ其処のみが木々の隙間よりぽっかりと光が射し、奇跡的に小さな花畑を作っていた。

眩《まばゆ》い光に目を細めながら歩み出ると、小さな祠《ほこら》が一つ。その隣には石碑らしきものがあり、その前には大きな花束を抱えた美少女が、茫然とした表情で立っていた。

「ゴトー……」

彼女がそう呟いて花束を取り落とすと、足元に多種多様な色彩が散らばった。突然、森の中へ吹き込んだ一陣の風が、色とりどりの花弁を舞い散らす——

グラスベルの深き森の中、光溢れる小さな花畑の真ん中で、二人は出会った。

「聖なる森の祠。あの洞窟の先……あなたたちにはその先があるけれど、私たちには岩壁の行き止まりしかない」

防空壕のその先へ。爺ちゃんの掘り当てた洞窟を通り抜けて、瑛斗は異世界へと辿り着く。だが、アーデライードたち——つまり異世界の人々にとっては、単なる岩壁の行き止まりになっているだけなのだという。

「次元が違うのだ、と、古き友は言っていたわ」

そう口を尖らせるアーデライードは、置いてけぼりの子供みたいな表情をして「詳しいことは分からないのだけれど」と前置きした上で、簡単に説明してくれた。

瑛斗の世界とこの異世界。共に同じ三次元ではあるが、三次元は一つのようで、一つの次元ではなく、コンマ以下の多種多様な次元が存在し、分かれているのだという。

例えば、三次元コンマ〇〇〇……一、と紙一重の次元が違うだけで、あの世界の法則は、この世界と様相が大きく異なった世界と成る。

そして不文律がもう一つ。低次元のものは高次元へ移動できない。だが高次元のものは低次元へと移動することができる、らしい。

「ほんの零コンマ一つ次元が違うだけで、私は貴方の世界へ行くことができない」

何処か遠い瞳で、アーデライードがぽつりと呟いた。

それは瑛斗に向けての言葉だったのか。それとも、ここにはいない誰かに向けたものなのか。その判断はつかなかったが、瑛斗には思うことが一つある。

「でも本当に良かったよ、アデリィ」

「なにが？」

アーデライードは小さな舌先でジョッキを舐めつつ、さも心当たりがないという目で瑛斗を見返した。

「初めてこの世界で出会えたのが、君で」

瑛斗はそう言うと、屈託のない満面の笑顔でニッコリと微笑んだ。

彼女の導きがなければ、異世界で路頭に迷っていたかも知れない。そう思い当たることが幾つかある。もしかしたら天国の爺ちゃんが彼女に逢わせてくれたのではないか。日頃から感じていたことを、瑛斗は素直に口にした。

言われた当のアーデライードといえば、への字口で固まったまま身動き一つしなくなった。その時、彼女の頭の中では、色んな気持ちがぐるぐると渦巻いていたのだ。

全く本当に、一体どうして……ああ、油断した。なんてことなの！

何故この一族は、自分の心をいとも容易《たやす》く射抜いてしまうのだろう。

そうだ、瑛斗が初めて異世界の洞窟を潜り抜けてきたあの日――

四季の折々で勇者ゴトーの記念碑に花束を欠かさぬアーデライードは、かの勇者の面影をよく残す少年と出会った。

全身に雷撃が走った。あの時の、初めてあの人と出会ったあの時の、あの過去の思い出が鮮明に蘇る。あまりの出来事につい「ゴトー……」と声を漏らす程に。

「君は……この世界の人かい？」

そう自身へと発せられた声は、まさにゴトーそのもののように感じられた。

初めての出会いもそうだ。怯えて動けない私に何事か尋ねたのを思い出す。

ああもう、ずるいずるいずるいずるい！

あの人によく似た、浅黒く焼けた肌に顔立ちに背格好。それだけでも、ずるい。

彼の中に色濃く残るあの人の思想に、柔らかだが強い意志を感じる物腰。

何よりも、時折彼から紡ぎ出される思いがけない言葉の数々。

ふとした瞬間に訪れる、私の心を捉えて離さない、言の葉《コトノハ》。

まだ幼かったあの頃では決して気付けなかった、胸の奥に秘めていた気持ち。

今だったらきっと分かることだろう。いや、分かり過ぎて胸の奥が痛い。

でもこんなこと誰にも言えない。決して誰にも言えるものか！

齢八十を超えてようやく思春期に到達する、長命なエルフ一族の宿命だとしても、だ。

かの勇者の孫を前にして、恥ずかしい姿など見せられるはずがない。

いつだって背筋を凛と伸ばして、尊敬される先達になろうと心に決めたはずだ。

鎮まれ、鎮まれ、心臓の鼓動！

アーデライードの固まった表情は、必死に冷静さを取り戻そうとした結果だった。

その間、瑛斗はアーデライードの気持ちなど露知らず、ぼーっとしていた。突如、身動き一つしなくなった彼女を前にして、やることを失ってしまったからだ。

仕方なしに手近なミートボールを齧《かじ》っていたが、それももう食べきった。

諦めた瑛斗は頬杖をつくと、その固まった彼女の表情をぼんやりと眺めた。

白磁のように滑らかな白い肌。ガラス細工のように繊細な鼻筋の曲線。仄赤く色づき始めた果実のような口唇《くちびる》。白銀《プラチナ》に蜂蜜を一滴落としたような金色の長い髪――

じっとしている彼女の造形は、芸術作品でも眺めているような気持ちになる。

そうしていると、さすがのアーデライードも瑛斗の視線にはたと気付いた。

「……なによ？」

美術館に飾られた芸術作品のように固まっていた彼女が、瑛斗の視線に気付いて不満を漏らす。

その抗議を受けて、瑛斗はつい莫迦《ばか》正直に思ったままを口にした。

「いや、綺麗だなぁって」

「なんだ、そんなこ……ふっ、ふえっ？　ふええっ？」

一瞬聞き流しかけたアーデライードだったが、もう駄目だった。口籠った。

まだ口元は何やらもぐもぐと動いているようだが、何を言うわけでもない。そうしているうちに、ハイエルフの特徴である長く尖った耳が、ふるふると震えてみるみる赤くなってゆくのが見て取れた。

如何に鈍感な瑛斗でも、その姿を見ればアーデライードを不本意に辱めてしまったことくらいは分かる。瑛斗は慌てて、頭を掻きつつ詫びた。

「その、ごめん……爺ちゃんから『エルフ族はとても美しい種族だ』って聞いていたから、つい見とれちゃったんだよ」

爺ちゃんの話してくれたお伽噺のような英雄譚――そこに登場した亜人類の中でも、とびきり出会いを待ち侘びた種族・ハイエルフ。その夢にまで見たハイエルフの中でも、特に飛び抜けた美貌で知られるアーデライードが、目の前でじっとしていたのである。

失礼とは分かっていても、ついつい見とれてしまう。瑛斗としては、実に正直な気持ちだった。

だがそれは、火のついたアーデライードの頭へと油を注ぐ行為に等しい。

「あっ、アデリィ……怒った？」

彼女は音を立てて椅子を引くと、急に立ち上がり何も言わず後ろを向いた。そして唐突に彼女が口にした言語は、ハイエルフ族のみに伝わるという古代精霊語——

「ゴトーの莫迦ッ!!　……一度だってそんなこと言ったことないクセに、孫にはそんなこと言っちゃって……ずるい！　そんな台詞、ずるいずるいずるい！」

口から零れ落ちそうだった台詞をようやく吐き出した。ハイエルフ以外は知り得ぬ言語だから、瑛斗には理解できなかったはずだ。

勇者の孫は鈍感で正直。大胆で無邪気。そんな瑛斗の性格に、時折振り回される。

「あのさ、こっちを向いてくれないかなぁ……？」

そう言われても、アーデライードはもう振り向けなくなっていた。

今、いったいどんな顔をしているのだろう。

彼女の顔の体温は、既に限界値を突破している。だから多分……いや、間違いなく顔は蕩《トロ》けている。こんな蕩け顔、瑛斗に見られるわけには、絶対にいかない。

ちなみにその日のことだ。酒場一階の窓の外では、お調子者の花の妖精たちが、春の到来を祝うが如く狂喜乱舞していた、という目撃談が多数残っている。だがそれはまた別の物語である。

ふわり、ふわりと春の到来を予感した花の妖精たちが、二階のウッドデッキまで到達する前に、アーデライードはなんらかの行動を起こさなくてはならない。

「ちょ、ちょっと、ア、アーデライ……アデリィ⁉」

一切振り向くことなく、細い右腕を伸ばして木樽ジョッキを手荒く掴むと、もの凄い勢いで一気飲みし始めた。

「それ、葡萄酒……」

この細い身体のいったい何処へ葡萄酒は吸い込まれていくのだろう？

ごくごくと飲み干すと、だぁんと音を立ててジョッキを置いて、ぷはぁっと大量の酒気を吐き出した。

「そんな一気飲みしたら、悪酔いしちゃうよ？」

「しっ、しないわよっ！　高位精霊使い《シャーマンロード》のアーデライードよ⁈」

やっとこっちを向いた彼女の顔色が、見る間に赤く色づいてゆく。

乱れに乱れきった精神では、精霊たちへの支配力も当然に低下している。いつも使役している精霊たちもすっかり浮かれきっていて、きちんと仕事などすべくもなかった。

真面目な高校生の瑛斗には酔っぱらいの仕草など分からないが、どう傍目に見てもゆらゆらと身体が揺れ、視点が定まっていない――ような気がする。

「なぁ……やっぱり無理をしたんじゃ……」

もう酔いがすっかり回ってきているんじゃないだろうか。

「はン？　まさか精霊使いの私が――酔いへずらいらいらい！」

「らいららい?!」

ああ、もうダメだ。完全にアデリィの呂律《ろれつ》が回っていない。

今日一日は、このテーブルトークで終わってしまうことになりそうだ……。

期待の血湧き肉躍る冒険はいつになることやら。瑛斗は深い溜息を吐くのであった。

ハイエルフと思い出の旅

「ちょっと異世界へ行ってくる」

爺ちゃんは、いつもそう言って出掛けていたそうだ。
まるで近所をふらりと散歩するかの雰囲気で。
鍬《くわ》一本を肩にかけ、腰に手拭ぶら下げて。

親戚一同、爺ちゃんが何処へ行っているのか知る者はいない。
だが、裏山へ行っているのだからと、心配する者はいなかった。
そこには自作の小屋もある。数日間は泊まり込んでいても不自然はない。

裏山で伊勢会《いせかい》っちゅう名の集会でもあるのかねぇ。
なんね、それは。狐や狸の集まりかいね？

なぁに、仕事熱心な瑛吉さんのこっちゃ。
夢中で畑仕事に精を出しているんじゃろうよ。

たまに笑い話になるような、そんな程度の認識だったようだ。

でも——そう言われてみれば、確かに。
爺ちゃんにとって、異世界は畑みたいなものだったのかも知れない。
異世界は広大な未開の農地。つい耕したくなる巨大な畑。
時折現れる怪物たちは、熊や猪くらいの感覚だったのかも。
そう考えると、自然と笑みが零れてしまう。
いかにも爺ちゃんらしいや。

異世界だって、この世界だって。
様々な人々が生活を営んでいることは、何一つ変わらないんだ。
爺ちゃんの遺した言葉、行動、そして功績。
一つ一つがそう教えてくれている気がする。

やっと踏み出した、異世界への第一歩。
爺ちゃんを見習って、その軌跡を辿って行こうと思う。
だから俺も、異世界へ出掛ける時は、決まってこう言うのだ。

「それじゃあ、ちょっと異世界へ行ってくる」

◆

容姿端麗なハイエルフ・アーデライードは、酷く後悔していた。
彼女の絹布《シルク》のような頬を、胸元を流れる汗は、苦悶の証。
人生最大の敵を前にして、その両膝を屈してしまったのだ。
『高位精霊使い《シャーマンロード》のアーデライード』
『聖なる森の大賢者《グラスベル》』
いずれもアーデライードを讃える通り名である。
だが、今やそんな大仰な通り名など、寧《むし》ろ滑稽に感じざるを得ない。
こんな無様な失態を演じておいて、その名を冠する資格などあるものか。
何が、高位精霊使いだ、大賢者だ、六英雄だ！

高慢ちきな鼻っ柱をへし折って、地の底へ埋めてしまいたい。

過去の栄光など、誇りなど、名誉など、何の役にも立ちはしない。

そのどれもがこの難局を前にして、如何なる効力も発揮しはしないのだ。

今まで築き上げてきたものなど、全て崩れ去った。

たかがこの程度。大したことはない。なぁにまだまだ大丈夫。

そんな油断が命取りになることなど、幾度となく経験してきたはずなのに。

甘く見ていた昨日までの自分を責めたい。責め倒したい。

小一時間ほど責め倒して、何処かへ消えてしまいたい。

けれど、もう。何処かへも、望む安寧の地へも赴くことは叶わない。

鉄鎖《てっさ》の束縛から逃れることはできず、この身の全てを委ねる恥辱。

荊《いばら》の森に絡め取られ、深き眠りの中へ。その快楽に堕ちてゆく背徳。

嗚呼、神よ。我が森と水と大地の神よ。

この惨めで愚かなハイエルフを、その温かき御手で救いたまえ!

——などと、自室のベッドで悶え苦しんでいた。

アーデライード人生最大の敵の名は「二日酔い」という。

ここは『悠久の蒼森亭』最上階にあるアーデライードの専用客室《キープルーム》。

彼女は六英雄の一人であり、『古代樹の塔』創生の功労者の一人でもある。その功績により与えられたこの部屋を、自由に専有している。

その功労者であり部屋の主はといえば、だらしなくベッドに転がっていた。

昨夜の愚かな葡萄酒一気飲みを演じたせいで、こんな状況に陥っているのである。

酷い頭痛に、胃の中を地蟲龍《ワーム》が這い回っているような異物感。

ベッドの上で身動きすることも苦痛で叶わず、羽毛の枕に顔を突っ伏していた。

今は瑛斗が用意してくれた、頭にちょこんと乗っかった水袋が何よりも心地よい。

「バイダル湖の水底《みなそこ》へ沈んでしまいたい……」

故郷の森の奥深く、巨大な水源を湛える湖の名を思わず呟いた。

「何か言ったかい、アデリィ？」

隣の部屋から瑛斗がひょいと顔を覗かせた。

「なんでもない。アタマいたい」

「まだ若いからって無茶しちゃダメだよ」

瑛斗は母がよく父に言っている言葉を真似て言ってみた。

「私、ゴトーと……あなたのお爺様とそんなに歳は変わらないわよ？」

あの人とは十歳も離れていない。ハイエルフの年齢と外見を人間に換算すると、まだ十代そこそこではあるが。

「そうか、本当はいい大人なのになぁ」

「くっ……いっそ殺して……」

「なんか、アデリィが言うとシャレにならない」

何故だか分からないが、アーデライードにはその台詞がよく似合う。

「お水飲みたい」

「分かった、汲んでくる。あと何か胃に優しそうなものを見繕ってくるよ」

そう言うと瑛斗は、アーデライードの部屋を出て行った。ぱたぱたと忙しそうな足音が遠ざかってゆく。

アーデライードはボーっとした頭で「エイトは本当にいい子だなぁ」と思った。

良くできた彼に比べて自分ときたら。お酒の飲み方も分からぬ淑女など淑女に非《あら》ず。その上、昨夜の自らの失態を殆ど覚えていない。

葡萄酒を一気に飲み干したものの、顔の火照りと心臓の鼓動は収まらない。むしろ早鐘を打つようになってしまった気がする。

それはお酒のせいであると言えたが、適正な判断力を失ったアーデライードには、そんなことなどお構いなし。追加の葡萄酒を注文すると、瞬く間に飲み干した。

その先はと言えば……思い出すのも憚《はばか》られるほど。酔っ払いの迷惑行為オンパレードを演じてしまった気がする。

そこで改めてハッとしたアーデライードは、のろのろと起き上がり自らの服装を見た。

あああ、やっぱり。部屋着に着替えている……。

一人で着替えられた気がしない。きっと瑛斗に手伝ってもらっている。

多分絡んだ。かなり絡んだ。過去を振り返るに、心当たりが満載だった。

あんな大失態のフォローをさせてしまった上、着替えまで手伝わせるなんて。

彼は勇者の孫。あの人の子孫。そしてまだ十六歳の少年だ。

そんな少年に、もしかしたらあんなことやこんなことをさせてしまったんじゃないか、と考えるだけで、顔から火を噴いて、大声で叫んで、木のてっぺんから飛び降りて、柱に頭を打ち付けて死んでしまいたくなる。

けれど今は、頭痛と胃のムカつきで、何もする気にならなかった。再びゆっくりとベッドに倒れ込むと、顔からぽすっと枕に沈みこむ。この頭を取り外して洗いたい。

「もうなんか、色々と酷い……」

ベッドの上で深い溜息を一つ吐《つ》くと、枕に顔を埋めて目を瞑《つぶ》った。

◆

何故あの人は、瑛斗に十六歳で旅立つ許可を与えたのだろう。

ぼんやりと薄れてゆく視界の中で、そんなことを考えていた。

「そういえば、私の旅立ちも十六歳の時だったっけ……」

思えばもうだいぶ過去のことになった。だが今でも鮮明に思い出す。

初めてあの人と出会ったのは、十歳を数えた頃。
その日、そっと村を離れ一人。森の中を彷徨《さまよ》っていた。
閉鎖的なハイエルフの森の中で、とても嫌なことがあったのだ。
帰り道は精霊たちが教えてくれる。そう思っていた私は幼かった。
精霊たちは悪戯好きで、私をもっと、もっと、と森の深い場所へと誘い込んだ。
怖くなった私は、村へ戻ろうと思ったけれど、戻ろうとしても戻れない。
心が落ち着かないから、それを察した精霊たちが言うことを聞かなかったのだ。
そうしているうちに、小さな祠のある小さな花畑へと辿り着いた。
ぽっかりとその場所だけを、まるで祝福するかのように太陽が明るく照らす。
深くて暗い森の中で、雲間から光が射すかのように。
花畑と謳うには、あまりにも矮小《わいしょう》なスペースだった。
けれど、とても幻想的な風景だったのを今でもよく覚えている。

そして私は――その場所で、あの人と出会った。

怯える私をチラリと見ると、何事かを話しかけてきた。

「君は、こっちの子かい？」

知らない言葉。日焼けした大きな身体。すごく怖い。

でも暗い森の中で怖い思いをしてたので、きた道を戻る気になれなかった。

身動きすることもできず、私はその場に立ち尽くした。

そんな私を無視するように、あの人は祠の横にある大岩の隣に腰を下ろす。

胸ポケットから何かを取り出すと、火をつけて煙をぷかぷかと浮かせ始めた。

それは紙巻き煙草というもので、初めて見た私はそこから目が離せなくなった。

するとあの人は、その煙で輪っかを作り始めたではないか！

どうやって輪っかを作っているのだろう？

何故あんなことをしているのだろう？

私はその様子を夢中になって眺めた。

そうしていると、再びあの人と目が合った。

あの人は不器用そうに、にこりと笑った。

私もつられて、にこりと笑った。
いつの間にか、怖さはなくなっていた。

それ以来、小さな花畑は、私の秘密の場所になった。
ハイエルフの森で嫌なことがあると、必ず花畑へと足を運んだ。
もしかしたらあの人に会えるかも知れない。
そんな淡い期待もあった。
いつもじゃないけれど、あの人はいた。
その時は決まって大岩の隣に腰かけて、ぷかぷかと紙巻き煙草を吹かしていた。
私は何も言わず、その隣に腰かける。
あの人が作る、ぽかりと浮かばせた輪っかの煙を眺めて。
そうして、二人でひなたぼっこをするのだ。
お日様に照らされているうちに、嫌なことなんてどこかへ吹き飛んでしまう。
会話なんて必要なかった。寡黙なあの人も同じようだった。
ただあの人の傍にいるだけで良かった。
やがて、嫌なことがない日でも、花畑へと足を運ぶようになっていた。
いつしかそれは、私の日課になったのだ。

それなのに、いつからだろう。

あの人と会話をしてみたくなったのは。

あの人のことを知りたい。あの人のことをもっと理解したい。

本を読むことが大好きだった私は、色々な言語を調べた。

けれど、どの言語を試してみても、あの人と会話をすることが叶わなかった。

どうすれば会話をすることができるようになるのだろう？

考え抜いた末に、私は一つの結論を導き出した。

もっと言語を勉強しよう。いろんな言語を習得しよう。

どの書物にもない言葉ならば、私がそれを初めて書物にしよう。

あの人に話しかけては、返ってきた言葉を綴って残し始めた。

まずは挨拶から。そして自己紹介。少しずつ単語を増やしてゆく。

初めて会話を交わせたと感じた時、凄く嬉しかったことを思い出す。


例えば、こんなことがあった。

「ゴトー」

「うん、合ってる」

「ワタシ、は？」

「あーでる……なんだっけか？」

「アーデライード」

「そうかすまん。横文字は苦手でな」

「アデリィ」

「うん？」

「アデリィ、で、いい」

アデリィ——それは、私の両親だけが呼ぶ、私の愛称。

あの人にそう呼んでもらいたかったので、ついそう言ってしまった。

「うん……アデリィ」


あの人が、私の愛称を呼んだ。

少し照れながら、でも生真面目な表情で。

至って真剣に、私のことをアデリィと呼んだ。

その時は嬉しくて。本当に嬉しくて。

胸の奥が、すごくポカポカしていたのを、よく覚えている。

そこからはもう一直線だった。脇目も振らずに言語学の研究に打ち込んだ。

私はゴトーの言う農閑期が大好きだった。
農閑期になると、ゴトーは決まってグラスベルに長居をするからだ。
そしてすることのない雨の日には、いろんな言葉を聞かせてくれた。
数少ない言葉の中で、ゴトーが異世界からやってきたことが分かった。
異世界の話。とても不思議な世界だった。
精霊とお話ができないとか、魔法がないとか、怪物たちがいないとか。
その代わりに、鉄でできた大きくて不思議な乗り物があるとか。
乗り物の中には、海を渡るものや空を飛ぶものもあるのだとか。
私は興味津々で、ゴトーの話に聞き入ったものだ。
でも、ゴトーはたまに凄く辛そうな顔をする。
それが何か、私にはわからなかったし、ゴトーは話そうとしなかった。
あの人はいつも、じっと遠くの地平線を見つめていた。
私たちの世界の美しさを、その目に焼き付けんとするかのように。

そして突然、忌まわしき日はやってきた。

「聞いてくれ、アデリィ」

「?」

「暫く、ここにはこられなくなった」

「! なんで?」

「向こうの世界で、戦争があるんだ」

戦争――それは、グラスベルにも忍び寄りつつあった、暗い影。

遥か西方の彼方で、魔王と呼ばれる軍勢が怪物たちを選り集めているという。

幾つかの村々が焼かれ、グラスベル周辺でも戦禍の話題が囁かれ始めていた。

だから私は、戦争の恐ろしさを知っていた。


「私は戦場へ行かなくてはならん」

「やだ! いく、やだ!」

「それはできん。皆に迷惑がかかる」

「あ、わかた! こっち世界、すむ、いい!」

「それもできん」

「なんで!?」

「あっちの世界が、私の故郷だからだ」

「いく、やだ！　だめ！」

「どうにもならん」

ゴトーはそう言うと、洞窟のある方へ歩き出した。

「ゴトー！　ゴトー！」

私がそう叫ぶと、ゴトーはその場に立ち止まった。

ほっとした。戦場へ行くのをやめてくれると思ったから。


「必ず帰ってくる」

「ほんと、ほんとか？」

「ああ、本当だ。約束する。絶対に約束する」


ゴトーの声は、力強かった。

そんな時のゴトーは、約束を破ったことはない。

幼かった私は、その言葉をすっかり信じてしまった。


「まってる！　ゴトー、わたし、まってる！」

そう叫ぶ私を、ゴトーはもう振り返ることなく立ち去ってしまった。
ゴトーは必ず帰ってくる。
約束したから。ゴトーは必ず帰ってくると。
私は、ゴトーを待ち続けた。
ゴトーを待ちながら、言語学の研究に励んだ。
もっと、話がしたいんだ。
いろんな話がしたいんだ。
あなたの声を。あなたの言葉を。
あなたの思いを。あなたの気持ちを。
もっともっと、聞かせて欲しい。

そうして月日は流れていった。
一年が過ぎ、二年が過ぎ、三年を超えて――
ゴトーは、帰ってこなかった。

「私、十六歳になったよ……」

その日も私は、ゴトーと約束を交わした花畑にいた。
それは約束の日であり、特別な日であると。
そして忘れたくないあの人の、大切な秘密の場所だと。
あの人の言葉も、今ではすっかり上手になった。
今ならきっと、あの頃よりもお喋りが弾むはずだ。
最初の一歩となった言語研究の本も、完璧に纏《まと》めることができた。
ハイエルフの村の中で、言語学に於いて私の右に出る者はもういない。

そして、ゴトー。
あなたとの約束を守って、私はずっと待っていたんだよ。
それなのに、ゴトーは帰ってこなかった。

嘘つき！　嘘つき！　嘘つき！　嘘つき！

絶対帰ってくるって言ったのに！
ゴトーの言葉だって、一生懸命覚えたのに！
貴方と話したいこと、もっといっぱいある！

いっぱいあるのに、貴方がここにいないいなんて！

莫迦《バカ》ッ！　莫迦ッ！

「ゴトーの、莫迦ーッ‼」

そう叫んだ時だった。


「これはいかんな……」


暗い洞窟のずっと奥から、確かに声が聞こえてきた。

それは、忘れもしないあの人の声。

この数年間、一度たりとも忘れたことのない、あの人の声。

「どうも良からぬ言葉を覚えてしまったようだ」

「ゴトー……？」

「ただいま、アデリィ」

洞窟の奥から、あの人はゆっくりと現れた。

あの日と同じように、少し照れくさそうな不器用な笑顔。

よく日に焼けた、あの人の笑顔。

そんな笑顔を見た瞬間に、とめどなく涙が溢れてきた。

「努力したな。随分と上達したじゃないか」

「莫迦……莫迦……ゴトーの、莫迦……」

いっぱい覚えた言葉があるのに、そんな言葉しか出てこなかった。

あんなに言いたかった言葉たちが、一つも出てきてはくれなかった。

「約束通り帰ってきたのだから、機嫌を直してくれないか？」

「駄目よ」

「何故？」

「私も約束を守ってずっと待っていた」

「待たせ過ぎてしまったな。すまない」

「そう思うのなら、私のお願いを聞いて頂戴」

涙を拭きながら、悪戯っ子のような笑みを返す。

ここから先は、随分と前から言おうと決めていた言葉。

「もうこれ以上、待つのは嫌なの」

「どういう意味だ？」

「森の外へと出たことのない私を、外の世界へ連れ出して欲しい」

ハイエルフの村を飛び出して、広い世界へ歩き出したい。

貴方との出会いで得た言語の研究を、より一層深めたい。

言語の研究者として、その第一歩を踏み出してみたい。
そのために――

「私と一緒に旅をして、ゴトー！」

そうして、私とゴトーは共に旅をする。
ゴトーは、待たせていた三年間を、私にくれた。
これからはこの人と、会話できることだろう。
ずっと聞きたかった、あの人の声を。
ずっと話したかった、たくさんの言葉を。
思う存分、この三年間で取り戻すつもりだ。
世界の語学を修めてきた私だけれど。
この人の言語は、まだまだ分からないことだらけだ。
日常会話ならば上手になったけれど、会話だけじゃ駄目。
文字の研究も必要不可欠だから、みっちりと教えてもらうつもりだ。
いつかきっとこの人の言葉を、一冊の本に纏めてみせる。

さぁ、いったいどんな素敵な旅になるのだろう？

旅の間には、色んな仲間ができて、出会いがあって、別れがあって。

様々な出来事に出会うのだろう。それはもちろん、この人と一緒に。

そんな最初の第一歩を、私とゴトーは踏み出したのだ。

◆

「どうしたのアデリィ……泣いてるの？」

目を開くと、お盆の上に小さな陶器の鍋を乗せた瑛斗が覗き込んでいた。

「泣いて、ないし」

目を擦りながら答えたこの言い訳は、ちょっと見苦しかったかも知れない。でも瑛斗は、それ以上追及してこなかった。

「起きられそう？」

「ええ……私、どれくらい寝ていたのかしら？」

「うーん、だいたい三十分くらいじゃないかな」

そう答えつつお盆をサイドテーブルに置くと、コップの水を手渡してくれた。

何も言わずにそれを受け取ると、のろのろと頭を少しだけ上げて口にする。焼けていた喉を冷たい水が潤してゆく。その清涼感が心地よい。

「ところで、その鍋はなに？」

「これはパン粥。酒場の主人《マスター》に聞いて作ってみたんだ」

瑛斗は一通りのことをこなすことができる。料理もその一つで、異世界での冒険に備えて習得したのだと言う。そんなに生活力のある姿を見せられると、何もできない自分に決まりの悪さを感じてしまう。

「少しでも食べられそう？」

「ん、たぶん……」

のそのそと重そうに身体を起こすアーデライードを見届けた瑛斗は、ベッドサイドに腰かけると、パン粥を載せたスプーンの先を鼻先に向け、口を開くように促してきた。思わず口を小さく開く
「それじゃあ……はい、あーん」

と、柔らかなミルクの香りにほのかな蜂蜜の甘さが口の中に広がった。

美味しい。胃に優しそうな、まろやかな味。でも、そうしてから気が付いた。

ああ、なんてことなの！　あーんして、食べさせてもらうなんて！

言われるままに素直に口を開いてしまった。なんという迂闊《うかつ》。たとえ二日酔いで頭が回っていないとしてもだ。どこまでこの少年にお世話されてしまえば気が済むんだろうか。

ただでさえ落ち込んでいたところに追い打ちをかけられた。そのクセ、ちょっとだけ胸がポカポ

カする気持ちになってしまうのは、なんというか非常に複雑である。

対する瑛斗は何事もなかったような顔をして、今見てきたことを尋ねてきた。

「それにしても驚いたよ、三階にあるキッチン」

冒険者が自炊できるよう、三階にも台所が設置されている。長期滞在客のための施設で、日本の木賃宿をモデルとしてゴトーが考案したのだ。

「石のシンクがあって、壁から水が湧き出していた」

「それはね、ここから北西の高台に湧水地《ゆうすいち》があってね。そこから石樋《いしどい》を通して三階のキッチンまで、清水を引き上げているのよ。ええと、確かそのことを……」

「ああ、パスカルの原理かな」

パスカルの原理を応用した工法で、サイフォン工法と言われている。液体の出発地点が高い位置にあれば、より低い位置を通したとしても、汲み上げることができる。

日本の建築物では『伏越《ふせこし》の理《ことわり》』と言われ、金沢城がこの原理を利用していることで有名だ。

「あなた、よくそんなのすんなり出てくるわね」

「学校で習うんだよ」

「ふぅん。学校も大事だっていうのは、よく分かったわ」

どこか含みのある言い方をしてしまった。春休みにはずっと一緒にいるという約束を、彼が破るはずなんてないのに。大人げないのは自分でもよく分かっている。

「なんだよもう。大丈夫だって。絶対に約束する」

「……うん」

瑛斗の不服申し立てに、アーデライードが珍しく素直に頷いた。

あまりに率直だったので、瑛斗は少し不思議そうな顔をする。だがアーデライードは満足だったし特に拘ることでもないので、それ以上は瑛斗に何も問い詰めなかった。

「でも学校があるのに、よくこっちにくることにしたわね」

「そりゃね。学校も必要だけど、夢の実現はもっと大事だったんだ」

瑛斗は「両親にはひどく反対されたけれど」と苦笑いを浮かべながらこう言った。

「爺ちゃん曰く『十六歳は、旅立ちの時だ』ってね」

「旅立ちの時？」

「うん。これ以上は何も教えてもらえなかったけど、小さい頃からよく覚えていた言葉だよ」

瑛斗は頷いてすぐに、はたと何かに気付いた顔をして呟いた。

「そういえばアデリィも十六歳で旅立ったんだっけ」

不意に言われて、アーデライードには直感的に感じることがあった。

「ねぇ、もしかしてエイトの旅立ちの日は……」

「うん？　誕生日だよ。十六歳の誕生日」

アーデライードは、大きなつり目を真ん丸く見開いた。

「爺ちゃんがさ、『旅立ちにはそれが最適な日なんだ』って」

ああ、私は何故そんな大事なことに気付かなかったのだろう！

私の旅立ちの決意を、誰よりも近くで見ていたのはあの人だったのに！

恐らくあの人は、エイトと幼かった頃の私を重ねていたんだ。

私の時と同じように、エイトの努力をずっと見守っていて。

もしもそうだとしたら――これほど嬉しいことがあるだろうか！

「ねぇ、エイト。あなたの世界の暦で誕生日はいつなの？」

「えっ？　九月八日だけど？」

「そう。だとしたらちゃんと覚えておいてね」

アーデライードは、過ぎし日の悪戯っ子のような表情で微笑んだ。

「私も、その日が誕生日だから！」

あまりに奇跡的な偶然の一致。

奇跡的過ぎて、まるで気付くことすらできなかった。

十六歳の旅立ちの日であり、ゴトーが帰還した日であり、私の誕生日。

それがエイトの誕生日と同じだったなんて！

おまけにエイトが私と同様に、誕生日に旅立ったなんて！

ゴトーは、きっと気付いていたんだ。

記念日には必ずあの花畑に、大きな花束を持ってゆくことを。
そして、ほくそ笑んだはずだ。
この少年が姿を現した時、私が花束を取り落すほど驚くことを。
「アデリィ、孫を頼んだよ」
そう言うあの人の不器用な笑顔が、真っ先に想い浮かんだ。
改めて運命的に「ゴトーに託されたのだ」と感じていたから。
私は全然だらしなくて、まだまだ未熟なハイエルフだけれど。
ゴトーが私にしてくれたように……。
今度は私が、この勇者候補の少年を見守っていこうと決心した。

少女戦士と冒険の旅

春になると、心が躍る。

ポカポカと暖かい春の陽気のせいもあるだろう。
けれど俺たち学生は、それだけじゃないはずだ。

終業式が終われば、さぁみんなお待ちかね、春休みだ。
夏休みや冬休みと違って、宿題がないのも春休みの特徴の一つ。
そのせいか春休み前は、みんな浮き足立っているのがよく分かる。
ディズニーランド？　東京スカイツリー？　それともＵＳＪ？
クラスメイトのみんなは、何処へ遊びに行くか相談していた。
その輪からそっと離れた俺は、一人帰宅の途についた。
心苦しいが友人たちの誘いは、みんなキャンセルするしかない。

なにせ長旅へと出かける準備をしなくてはならないからだ。

なにしろ俺が向かうその先は、剣と魔法と冒険の異世界。

未開の大地に怪物が跋扈《ばっこ》し、数多の英雄が生まれ出《いず》る場所だ。

そしてそこには、天姿国色《てんしこくしょく》のハイエルフが待っている。

彼女のことだ。今か今かと首を長くして待っているに違いない。

俺は逸《はや》る心を抑えながら、足早に自宅へと向かう。

彼女とした約束を、絶対に守るために。

◆

見渡す限りの一本道。まるで地平線の彼方まで続くかのようだ。

ここは、王都よりイラを跨《また》ぎ、南北を結ぶ旧交易街道。今まで見たことがない程、高く聳《そび》える街路樹が立ち並ぶ。

その街路樹の向こう側には、長閑《のどか》な田園風景が広がっていた。

『グラスベルの玄関街』と呼ばれるイラを離れて、三日目の朝。

その街道上に瑛斗とアーデライードはいた。高校の春休みを利用して、彼女と初めての遠出をすることになったのだ。

まず最初の目的地は隣街、古都・エーデル。イラから南へ徒歩で三日程度のところにある。日の出前に宿を出て、今はまだ早朝と呼べる時間帯だ。朝霧が葉の上に露を落としそうな、しっとりとした空気が周囲を包む。

「この季節の朝はいいわね。大気がマナに満ち溢れている」

深呼吸をしたアーデライードが、続けざまに小さく伸びをした。

マナとは、大気に宿る気の流れだという。魔力の根源の一つだそうだ。

瑛斗も彼女を真似て、朝の涼やかな空気を胸いっぱいに吸い込んでみた。なんとなく細胞の一つ一つが活性化する――そんな気がする。

でもそれは精霊使い《シャーマン》のアーデライードに言われたせいかも知れない。魔法能力が低い瑛斗では、マナに関して真偽のほどは分からない。

程なくして朝日を浴びながら街道を進む。

瑛斗の背中には大きなバックパック。中には食料や衣類などの荷物が入っており、剣やカンテラ、テントなど様々な道具をぶら下げている。正直、ちょっと重い。

片や先を行くアーデライードの足並みは軽やかだ。何せ彼女は軽装で荷物が少ない。

服の上に装備した、装飾の美しい針葉樹色《フォレストグリーン》基調のレザーアーマーに、腰に着けた幾つかのポーチ。

後は愛用のレイピア程度――とかなり身軽なためだろう。

何を隠そう彼女の荷物は全て、瑛斗が背負ったバックパックの中にある。

「大丈夫そうだね」

「なにがよ？」

「先週は二日酔いアデリィのお世話で終わった」

「うっ、五月蠅《うるさ》いわね！　悪かったわよ！　ありがとう！」

かなり甲斐甲斐しくお世話されてしまった。相当無様な姿だったはずだ。

いつも尊大で高慢なアーデライードですら、思い返すに赤面せずにはいられない。

「それよりも早く『コージエン』を渡しなさいよ！　約束でしょう!?」

失態の記憶を振り払うように、わざと怒鳴ってみせているのが丸分かりだろうか。

「この旅が終わったら渡すよ」

そんな心配を余所に、瑛斗はいたって真面目な表情で答えた。

義理堅い瑛斗は、約束通りに最新の広辞苑を持ってきている。だがまだ渡していない。借りてある『悠久の蒼森亭』の一室に、そっと隠して宿を出た。

何故ならば、膨大なページ数に渡るこの書籍を渡した途端、活字中毒の彼女は、部屋に閉じ籠ったまま出てこなくなると、容易く予想ができるからだ。

珍しく瑛斗が素直じゃないのは、今回の遠出を余程待ち望んでいた証拠だろう。だがアーデライードには、瑛斗の初遠征を邪魔する気なんて毛頭なかった。今回に限っては、彼の旅立ちを応援するためにも、全力で成功させる心構えでいる。

もちろん、前回の失点を取り返すためもあるけれど——

「信用失っちゃったかなぁ、寂しいなぁ、もうっ……」

なんてことはとても声には出せない。色んな気持ちが相まって、自分を誤魔化すように頬をぷーっと膨らませた。

◆

二人が歩くこと数時間。

街道は山間《やまあい》の谷間へ入り、段々と緑の色が深くなってきた。そんな山奥の細道を歩いていた時のことだ。アーデライードがふと足を止める。

「ふーん……ね、この近くにとても綺麗な渓流があるんだって」

「へぇ、誰から聞いたの？」

「精霊が囁いているのよ。ねぇエイト。私、水浴びがしたいわ」

またアーデライードの唐突な我儘が始まった。

とはいえイラの街を出てからもう三日目。綺麗好きな彼女のことだ。そろそろ水場が恋しい時期だろうとよく理解できる。

瑛斗の返事も聞かず、アーデライードは街道を外れて森の中へと飛び込んだ。軽やかな足取りで進む彼女の後を、瑛斗はゆっくりとついて行く。

道なき森の下り坂を程なくして、涼やかな川のせせらぎが聞こえてきた。

「ホントだ。こんなところに渓流があったんだ」

アーデライードが率先して水浴びをしたがる理由が分かるほど、そこは湧水の湧き出る透明感溢れる清流であった。

「エイトも入りなさいな」

「いや、俺はいいよ」

「ダメ。あなたも入りなさい。命令よ。汚い人はイヤ」

こうなるともう何も聞き入れてはくれまい。

アーデライードに命じられるまま、瑛斗は渋々と服を脱ぎ始めた。

「へぇ、良く鍛えているじゃない」

まだ少年のあどけなさを残す瑛斗の上半身は、未完成でありながら引き締まった男の肉付きをしている。鍛錬を怠らない瑛斗らしい肉体といえた。

「ジロジロ見ないでくれよ。恥ずかしいだろ」

「まだ子供なんだから気にすることないわよ」

アーデライードの言葉は容赦ない。

「水浴びしたいと言ったのはアデリィなのに。君はどうするんだよ」

「無用な心配はいらないわ」

そう言い残して精霊語を唱えると、足先から水が湧きあがり次第に彼女の姿を消し去ってしまった。これは精霊語魔法の一つ『アクアミラージュ』というそうだ。

後から詳しく聞いた話だと、水の精霊を使って光を屈折させているのだという。

「ね、これならば分からないでしょう？」

なるほど。だがなんというか、ちょっと複雑な気分になった。

「もしかして、私の裸が見られると思った？」

「お、思わないよ！」

即座に否定したが、思春期の瑛斗に「全く思わなかった」と言える自信はない。

「異世界の小説だと、入浴時には乙女の裸身が見られるものなんでしょう？」

「そんなわけないだろ」

とは言ったものの、最近のノベルとかアニメにはそういうのが多い気がする。

「私、読んだことあるわよ」

「ええっ、まさか！」

爺ちゃんが異世界に今風の小説を持ち込んだとは、とても思えない。いくら頭を捻ろうが釈然とする回答が思いつかなかった。音を上げてアーデライードに尋ねてみる。

「……なんていう小説？」

「えっとね、確か『伊豆《いず》の踊子《おどりこ》』だったわね」

言わずと知れた、ノーベル文学賞を受賞した川端康成《かわばたやすなり》の代表的な短編小説だ。かの名作にそんなシーンがあっただろうか。うちへ帰ったら読んでみることにしよう。

そうこうしているうちに、微かに聞こえる衣擦れの音。アーデライードが服を脱ぎ始めたのだろう。純情な瑛斗は、その音ですら緊張してしまう。

「あのさ、アデリィ。俺はこっちで身体を拭いているから」

瑛斗が後ろを向いた時、水の中に飛び込む音が聞こえた。

「ねぇ、エイト。私、今全裸よ？」

「そ、そういうのは言わなくてもいいから！」

「何故エイトは恥ずかしがっているの？　見えていないのに？」

くすくすと笑い声が聞こえてくる。すっかり揄《からか》うことに決めたようだ。

見えていない、というアーデライードの方へとよくよく目を凝らす。すると彼女の声がする向こう側の背景との間に、少しだけ違和感がある。それは透過する若枝のようにしなやかなアーデライードの身体のライン。それは本当にうっすらであり、彼女でさえも全く気にしない程度のものであったが、瑛斗を赤面させるには十分だった。

女の子が下着姿は気にするクセに、似たようなビキニ姿を気にしないのと同じようなものかな――と、余計なことを考えたところで、首を横に振って邪念を振り払う。

これ以上、純情をからかわれては堪らない。アーデライードの呼び声に聞こえないふりをしてそっぽを向くと、近くの岩に腰をかける。そうして足を川面に浸しながら、身体を拭き始めることにした。

すると真正面の水面が大きく盛り上がり、尋常じゃない水飛沫が飛んできた。姿が見えないのをいいことに、アーデライードに思いっきり水を引っ掛けられたのだ。

「うわっ！　いっ、悪戯にも程があるぞ、アデリィ！」

「あははは、そっちじゃないわよ、エイト！」

アデリィの高笑いが清涼な森の中に響いた。仕返しに水を跳ね上げてはみたものの、アーデライードには全く当たらなかったようだ。

麗らかな春の陽気の中、暫くお互いに水を掛け合った。

お互いに、とはいったものの、アーデライードの姿が見えない瑛斗の方が、一方的にびしょ濡れにされてしまう結果ではあったが。

ひとしきりそうして遊んだ後、アーデライードは一人で水浴びを楽しむことに決め込んだようだ。きっと今は髪を流しているのだろう。彼女のご機嫌な鼻歌と静かな水音が聞こえてくる。

一方、瑛斗は木陰で服を脱ぎ、びしょびしょに濡れたズボンを固く絞るのに専念していた。

「あーあ……パンツまでびしょびしょだよ……」

馴染みのない森の中で下着まで脱ぐ気にはなれない。それにアーデライードがどこで見ているか分からない。タオルで適当に全身を拭いて、後は自然に乾くのを祈る。

そうしていると、視界の端に何かが風でふわりと舞い上がるのが見えた。

「あれ、もしかしてアレって……」

簡単に身支度を整えると、風に飛ばされそうになっていたアレを手に取った。

「ううん、これは困ったな。でも仕方がない」

そして、数分が経過した後のことである。

「エ……エイト……」

「ああ、アデリィ。水浴び終わったんだね」

精霊魔法を解いたアデリィが、大判のタオルに包《くる》まって青ざめた顔をして立っていた。濡れた髪からは、ぽたりぽたりと大粒の雫がまだ滴り落ちている。身体を拭くのもそこそこに、瑛斗の元へと飛んできたようだ。

「えっと、どうかした……?」

「どうしたもこうしたも何もないわよ！」

困惑した表情で瑛斗を怒鳴りつけると、岩場に置かれた自分の着衣を指差した。

それらは全て丁寧に畳まれた上に、清潔そうな大きめの石が上に積まれている。それは風に飛ばされないようにした配慮であろう。

「なんで脱ぎ散らかしてた私の服が、きちんと畳まれて置いてあるのよ!」

「や、だって、風に飛ばされそうだったからさ」

「風にって、何がよ!」

「えーっと、あの、ほら……白くて、三角で、小さいのが……」

はっきりと言うには憚《はばか》られたので、瑛斗はつい口籠った。

「ああもう、いい! 聞かなきゃよかった!」

アーデライードは恥ずかしいと感じていた。ある意味、裸を見られた方がマシだ。

もしも裸を見られたとしたら、それは事故だ。もしくは瑛斗の過失によるものだろう。ならばちょっと悲鳴を上げて、瑛斗を引っぱたいて終わりにしてしまえばいい。そのくらいの信用は、この半年間でしっかりと二人の間に築かれている。

だが、選りにも選って大恩ある勇者の孫に、さっきまで身に着けていた自分の着衣から下着まで、きちんと畳まれてしまうなんて。その上、スカートの折り目《プリーツ》は元より、服の皺までちゃんと叩いて伸ばしてあったのだから堪らない。

ガサツな自分が悪かったとはいえ、こんなにも丁寧な仕事っぷりを見せつけられると、しっかりしなくてはならないはずの自分が、だらしなく感じられた。

匂いはしなかっただろうか。汚れはなかっただろうか。もう気が気ではない。

まだ少年の瑛斗に女心を理解しろなんて言えないし、むしろ察せられても困る。そして落ち着きなく、こんなにあたふたしている自分にも、うんざりしてしまう。

「もう……なんでエイトってこんなに気が利くのかしら？　異世界人の男ってみんなこうなの？」

アーデライードはそう独《ひと》り言《ご》ちて、皺のとれた服をのろのろと着るしかないのだった。

◆

再び山間の街道を歩き始めてそう間もなく。ハイエルフ特有の艶やかな金髪が、そろそろ乾き終わった頃のことだ。

先行して前を歩いていたアーデライードが、ふと足を止めて呟いた。

「精霊たちが騒《ざわ》めいている……これは血の匂いのせいだわ」

「あの一団、何か様子が変じゃないかな」

瑛斗が指差す先は、旅人であろうか。三人ほどいるのが見えた。

その内の一人は赤髪をした小柄な戦士風で、怪我をしたのか片腕を押さえてしゃがみこむ。残る二人は、街道を切り通した土崖にぐったりと倒れ込むように寄り掛かっていた。

「あっ！　ちょっと、待ちなさいエイト！」

アーデライードが止めるのも聞かず瑛斗が駆けつけると、片腕を押さえていたのは戦士姿の少女であった。切り傷だろうか。腕から血が滴り落ちている。

「怪我をしたのか？」

「私は腕を……でもかすり傷だから、大丈夫」

「かすり傷でも油断はできない」

傷口の布を裂き、清潔なハンカチと水筒の水を使って傷口をよく洗い流す。手際よく止血をし包帯を巻く。爺ちゃん譲りの応急治療だ。

瑛斗のあまりにそつがない行動に、戦士姿の少女は驚いた。

「す、凄いわね……あなた」

「爺ちゃんがよく言ってたんだ。生死を分けるは、初期治療が重要だってね」

そう聞いた瑛斗が習得した技の一つが、応急処置だ。

爺ちゃんの応急処置は、戦場で数多くの戦友たちの命を救ったという。だがそれは戦場ばかりではない。魔王退治の時も同様に仲間の命を救っている。

治療を終えて少女を見るに、歳の頃は瑛斗と同じくらいであろうか。使い込まれているがよく手入れの行き届いた防具類。凛とした光を灯す瞳に、赤髪で長めの緩やかなショートボブが印象的だ。

「後の二人は？」

「私が簡易処置を……多分一人は腕と肋骨を骨折してる。もう一人は頭を打って……」

「大丈夫。命にはぜーんぜん別状なさそうよ」

ゆっくりと瑛斗に追いついたアーデライードが代わりに答えた。精霊の動きで様々なことを見通せる彼女だ。確信的に言うならば、まず間違いはないだろう。

だが、いきなりそこから返す刀で、戦士の少女に辛辣な声で問いかけた。

「あなたたち冒険者でしょ。なに？　返り討ちに遭ったの？」

「！　仕方がないじゃない！　予想外の不意打ちに遭って……」

「だらしないわね。さっさと立ちなさい」

「なっ、なんですって⁈」

口論寸前の二人の間を、瑛斗が宥《なだ》めるように割って入る。

「そういう場合じゃないだろ、二人とも」

言いながら、ゆっくりと背中のバックパックを下ろした。

「やっぱりエイトはよく分かっているわ！　……あなたは落第点だけれど」

赤髪の少女が抗議の声を上げようとした瞬間、ハッキリと彼女にもそれが分かった。

私たちの周囲に、何かがいる。

「ところでエイト、よく気付いたわね」

「アデリィが俺のことを『待ちなさい』って止めたからね」

基本、冒険に関しては放任主義のアーデライードである。そんな彼女の注意喚起だからこそ、瑛斗は周囲への注意を怠ってはいなかった。

「ちょっと反則だわ。だけれど、いい判断よ」

ガサリ……ガサリ……。

周囲の草木を掻き分けて現れたのは、ゴブリンの群れだった。

黒猩猩《チンパンジー》程のサイズに、小鬼のような醜悪な姿。奴らは邪悪にして狡猾《こうかつ》な種族である。

石斧や石刃《せきじん》を手にするこの怪物たちは、瑛斗ら三人の周囲を取り囲み始めた。

「あらあら、食糧と血の匂いを嗅ぎつけたのね。ハイエナのような連中だわ」

「あのさ、アデリィ」

「なに？」

「この世界にもハイエナっているの？」

「……私は見たことないわね」

勇者ゴトーの受け売りであることがうっかりバレてしまった。

怪物を前にしての呑気なやり取りに、戦士姿の少女が思わず口を挟んだ。

「ちょ、ちょっとアナタたち、こんな時に何を巫山戯《ふざけ》てるのよ!?」

利き腕の怪我で剣を握れぬ少女は、焦りの色を隠せないようだ。

「ね、ねぇ、アナタたち、腕に自信は……？」

「いや、俺はこれが初めての戦闘だ」

「……聞かなきゃよかった」

皮肉交じりに吐き出した溜息を、少女は再び飲み込むことになった。

瑛斗が下ろした荷物の中から引き抜いたのは、大振りの両手剣《グレートソード》。

「あなた……何よそれ!?」

いや、彼の持つ剣は、両手剣を片手半剣《バスタードソード》に改装してあるようだ。とはいえ、その長さは彼の身の丈に近い。

「そんな剣を初めての戦闘で使うだなんて、バカげてる！」

「これが一番重かったんだ」

「英雄気取りは結構だけど、それで死んだら元も子もない！」

このやり取りには、アーデライードも黙ってはいない。

「助けてもらっといて、いちいち五月蝿《うるさ》い女ね」

若干苛つきながらそう言って、赤髪の少女の肩を掴んで下がらせる。

「怪我人は邪魔よ。エイトの初陣を邪魔しないで」

「な、なんですって!?」

アーデライードの手をはね除けて、赤髪の少女はあろうことか暴言を吐いた。

「何を言ってるのよ！　うう、えっと、この、ちびっこエルフ！」

「あら、もう一度言って御覧なさい。この赤毛のお猿さん」

アーデライードがそう言った途端、少女が何か喋ろうとしても、むぐむぐと口が動くだけで声を発することができない。

これは、風の精霊を使役《つか》った静寂《サイレント》の精霊語魔法である。音を運ぶ風を操って遮断すれば、自分は元より誰の耳にも届くことはない。それにより赤髪の少女は、口が利けなくなってしまったのだ。

速やかに邪魔者を排除したアーデライードは、腕組みをすると冷静だが鋭い声を瑛斗に飛ばした。

「エイト、油断は？」

「ない」

「教えたことは？」

「覚えている」

「ならいいわ。それじゃ行ってらっしゃい！」

アーデライードの声のトーンは、まるで近所へお使いにやるかのようだ。

戦士姿の少女は思わず「初心者を一人で行かせる気?!」と叫んでいた。もちろんそれは『声が出ていたならば』の話だが。

ゴブリンたちの数は三匹。

不気味な嗤《わら》い声を上げつつ、まるで狩りを楽しむかのようだ。

瑛斗は片手半剣を下段に構えたまま、ゆっくりと間合いを詰めてゆく。

ゴブリンの動きは然程《さほど》速くはないが、のろまとも違う。

賢くはないが、決して低い知能の持ち主ではない。

動きを見極めた瑛斗は地を蹴ると、瞬時に片手半剣の間合いに入れた。

その動きを「速い！」と赤髪の少女は思った。

だが瑛斗は「遅い」と感じていた。アデリィの方がずっと速い。

そのまま躊躇なく剣を振り抜くも、ゴブリンたちには掠りもしない。

一旦引き下がったゴブリンたちは、体勢を整えると一斉に瑛斗へと雪崩《なだ》れかかる。

「エイト、敵が三匹並んでいる場合は？」

「もう一匹その先を斬るんだろ、アデリィ！」

瑛斗はすぐさま二撃目へと転じる訓練を重ねていた。

三匹並んだ敵の、そこにはいない四匹目までを斬り抜く気持ちで……！

勝負は一瞬で着いた。三匹諸共、真一文字に一刀両断。

「まだだ！」

倒木の陰に隠れていた最後の一匹。瑛斗は流れるような三撃目で瞬断した。

その場にいた全てのゴブリンは、退治された。あっという間に腐った土塊《つちくれ》に戻り、消え失せてゆく。

赤髪の少女は「強い……！」と呟いたつもりだったが、まだ声は出ていなかった。

瑛斗は「ふぅ」と小さく息を吐いて、初陣の緊張を解く。

「どうかな、アデリィ」

「いいわ。それがあなたの戦い方よ。これからあなたの軸になる」

満足そうなアーデライードは、瑛斗へ向けて悠々と、余裕の笑みを浮かべる。

だがずっと彼女の隣にいた赤髪の少女は、戦士の直感として肌身で察していた。この亜人類《ハイエルフ》の、見かけは華奢な美少女といえる彼女から、鬼気迫る程に立ち上っていた気配。少年の一挙手一投足を見逃さんとする凄まじい圧力。

万が一、彼に何事かあらば、即座に対処したであろうことは想像に難くない。戦士としての経験が、彼女の背中に冷たい汗を滴らせた。

「やぁ、片付いたよ」

戦慄していた赤髪の少女の気持ちを余所に、瑛斗は呑気に話しかけた。

けれど彼女の声は、まだ出ることはない。酸欠状態の金魚のように口をパクパクとさせるのみである。

「ねぇ、君の名前は？」

「〰〰〰〰〰〰〰〰〰〰〰〰〰〰〰〰！」

「ああ、ごめん。俺の名前は瑛斗っていうんだ」

「〰〰〰〰〰〰〰〰〰〰〰〰〰〰〰〰！」

「……もしかして、緊張して人見知りするタイプ？」

「～～～～～～～～～～～～～～～～～～～～～～～～!?」

「エイト、貴様に名乗る名などない」

「～～～～～～～～～～～～～～～～～～?!」

「いや、そんなことは言ってないと思うよ、アデリィ」

「～～～～～～～～～～～～～～～～～～～～～～～!!!!」

赤髪の少女は、段々涙目になりながら、必死に何かを訴えているようだった。

だが瑛斗は、少女の身に何があったか分からない。目の前の敵に集中していたから、すっかり見逃していたのだ。あの時、アーデライードが人差し指をタクトのようにして振ったのを。

「アデリィ……君が何かをしただろ?」

「さぁ?　暫くしたら元に戻るでしょ」

髪色のように顔を真っ赤にする少女を横目に、アーデライードは涼しい顔で答えた。

◆

ここは、古き国境の街・エーデル。

グラスベルの大森林より流れ出す、二本の母なる大河を東西に迎え、百数キロに渡る中州状の地にこの街はある。

遥か昔、大陸が群雄割拠していた時代には、幾度となくこの大河を国境線としていた。故に、国境《くにざかい》の街として、貿易交通と国家防衛の要衝であったという。

だが、エディンダム王国の奥深くに併呑《へいどん》された現在は、その機能を失って久しい。

街の中心部より郊外を望む丘の上には、その名残として煉瓦《れんが》積みの古城が見える。

今の世に継ぐ主の姿は既になく、廃墟となったこの古城の外壁も所々崩れ落ちている。この街を訪れた旅人に、嘗《かつ》ての栄華と共に時の流れを感じさせるであろう。

その街のほぼ中心、大聖堂の建つ中央広場に、瑛斗とアーデライードはいた。

「で、これがエーデル・オリーの大聖堂。およそ五百年前に実在した大地母神の修道士、聖人エーデルリックの名前がこの街の由来となったわけなの」

「へぇーっ、珍しく背の高い建物だね」

「何度も増改築が行われていてね、その度に高く改装していったそうよ」

アーデライードは現地ガイドよろしく嬉々として街の案内を買って出た。一方の瑛斗といえば、修学旅行の真面目な生徒のように、時折うんうんと頷きながら彼女の説明に聞き入っている。奇妙なところでよく噛み合う二人である。

昼前にエーデルの街へ到着した後、昼食を済ませてからずっとこの調子だ。

「でね、この大聖堂を中心にして、放射状に全ての建物は建てられているってわけ」

城壁の門をくぐり、大通りから大聖堂を望んだ後、丘陵《きゅうりょう》を上り入城するように作られている。つまり他国の使節や旅人などの訪問者は、街の栄華と大聖堂の威容を必ずや仰ぎ見ることとなる。

要するに、国の勢威を示す政治的な意味合いを兼ね備えた構造になっているということだ。

「ところで、大地母神って？」

「一言で言えば、大地を司る女神様ね」

大地に宿る生きとし生ける全てを、その慈愛で包み込む女神だという。御利益としては、作物の豊穣《ほうじょう》や、家内安全、無病息災を約束するのだそうだ。

「ここへくるまでに、山向こうの街道沿いに麦畑が広がっていたでしょう？」

「うん」

「豊穣の実りを約束する神である、大地母神がこの街で最も信奉されているの」

ここで一旦話を切ると、アーデライードは急に神妙な面持ちになった。

「で」

「で？」

この一言で会話を切り出すのは、アーデライードのクセなのだろうか？

「有数の穀倉地帯であり主要名産物が麦であるこの辺りは、葡萄よりも名産の……」

「麦酒《ビール》だね？」

瑛斗の即答に、アーデライードは目を丸くして固まった。

「な、何故それを……？」

消え入りそうな震え声だった。麦を扱った名産物など綺羅星の如くあろうに。

だがしかし。何故とはこれは異なことを。アーデライード早押しクイズがあれば、瑛斗はそうは簡単に負けなかろう。懲りないハイエルフである。

「飲みたいんだね？」

「あっ、あのね、この街は昔から春出しの季節麦酒《セゾンビール》が名物でね？　でね、それは冬の間に仕込んでおいて、長期間じっくり寝かせた麦酒でね……？」

なにやら講釈だか言いわけだか分からない『何か』が始まったようである。

まさか、麦酒を飲みたいがためにエーデルへの遠出を選んだのではあるまいか、と勘繰りたくなる程の、しどろもどろっぷりだ。

アーデライードとしては、決して疚《やま》しい気持ちなどない。先週の酒での失敗を挽回したいがために伏せておきたい事案だった。故の挙動不審である。

日中に観光案内をしっかりこなせば、瑛斗からお褒めの言葉を頂けるはず。そうして汚名返上できたら夕食時にちょっと晩酌を――それだけであった。

しかしそれは酒を嗜《たしな》まぬ若人《わこうど》から、顰蹙《ひんしゅく》を買うに十分な状況証拠ともいう。

彼女の『何か』を押し黙って聞いていた瑛斗が、ゆっくりと口を開いた。

「飲みたいんだね？」

再びそう問うと、額に汗を浮かべたアーデライードは、真顔でこくりと頷いた。すっかり呆れ顔の瑛斗を前にして、被告人はただただ硬直するしかない。

計画が根底から瓦解した今、瑛斗への信頼回復失敗の心細さから、ハイエルフ特有の長い耳がへなへなと撓垂《しなだ》れてきている。

焦りが募り過ぎて「今私ってどんな顔をしているのかしら？ 笑えばいいの？ 泣いていいの？」などと、無意味な気がかりばかりがぐるぐると頭を巡っていた。

瑛斗が肺腑《はいふ》に溜めていた息を吐く。それにびくっと反応したアーデライードは、宣告されるであろう「軽蔑」という名の死刑判決を覚悟した。

「じゃあ、麦酒《それ》は夜になったらね、アデリィ。昼間はダメだよ？」

気の毒なほど項垂《うなだ》れる彼女に対し、瑛斗は相好を崩しつつ諭すように告げた。

ああ、なんという寛容か！ 一瞬にして、アーデライードの心の中に花が咲いた。大輪の花が咲いた。大輪の花が咲き誇った。彼女のサファイア色の瞳には、まるで瑛斗が天使の化身として映り込んだ。

「わ、分かっているわ。当たり前でしょう？」

にも拘らず、憎まれ口を叩いてしまうのは、如何なものか。

瑛斗の先達として器量のいいところを見せたい。いや、見せねばならない。

そんな気負いがアーデライードにはあった。気負いはあるにはあるものの、必死になればなるほど空回りが激しい。ここのところそれが顕著なのは自分でもよく分かっている。

ゴトーはどうやっていたのだろうか。最近はそればかり考えてしまう。

アーデライードは瑛斗に背を向けると、彼には決して見せられぬ、安堵の表情と緊張からくる溜息を洩らすのであった。

一方の瑛斗は、といえば「つくづく顔に出やすいなぁ」と、彼女の背中を眺めながら思っていたが、それを口にすることはなかった。

再び二人でぶらぶらと街を歩き回り、小一時間程した頃であろうか。

「ねぇエイト。そろそろお腹が空いていない？」

アーデライードが、くるんと踵を返して聞いてきた。

言われてみれば、確かに。昼食を摂って時間も経つ。小腹が空いてきた頃だ。

「じゃあ、何か買ってくるから待っってて！」

そう告げると、露店立ち並ぶ市場へ向けて、さっさと走り出して行ってしまった。

先程までの項垂れていた様子はどこへやら。すっかり調子を取り戻したようだ。もしくは先程の失態を挽回しようと張り切っているのかも知れない。

行く先を見届けた瑛斗が手近な段差に腰を下ろすと、走り去ったアーデライードと入れ替わるように、聞き覚えのある声が背中にかかった。

「あーっ！　見つけた!!」

異世界に知り合いのそう多くない瑛斗である。心当たりはただ一つ。

振り向けば、初めてのゴブリン退治で出会った赤い髪の少女戦士が、こちらを指差して立っていた。

但し、身に着けていた簡易的な板金鎧《プレートメイル》は解除《セパレート》している。現在の服装は私服であろうか。ふわっとした大きめのパーカーに、黒のショートパンツ姿である。

異世界の服装は、中世かそれ以前と思《おぼ》しき形状が多い。だが赤髪の少女のそれは、瑛斗の世界と比較的近しい印象に感じられた。よく見慣れたパーカーのフードのせいか、それとも彼女の近代的な目鼻立ちのせいか。

「何も言わずに立ち去ってしまうなんて、ひどい！」

「ごめん。うん、用事があったんだ」

本当は用事などない。瑛斗は重傷だった男二人に手を貸しつつ、赤髪の少女と共にこの街の治療院まで付き添っていた。だが治療院の入り口を目前にして、アーデライードに無理矢理引っ張られて、仕方なく立ち去っただけである。

「ううん、謝らないで。違うわ。お礼が言いたかったの！」

少女の差し伸べた手を瑛斗が取ると、彼女は力強く握り返して大きく上下に振った。

握手をする習慣のない日本人の瑛斗としては、女の子に手を握られるだけで少しどぎまぎしてしまう。

「私の名前は、チルダ。チルダ・ベケット」

「俺は瑛斗。ああ、やっと声が出るようになったんだ」

「……おかげさまでね」

赤髪を揺らして、アーデライードが走り去った方向をギロッと睨む。その先には露店に並んでいるハイエルフの後姿が見える。

「よく俺たちを見つけられたね」

「そりゃね、あんなに目立つキラキラした子、そうそういないわよ」

アーデライードの外見の美しさに関しては奇跡的と言っていい。同性であるチルダの目から見てもパーフェクトである。それはどうしても認めざるを得ない。

ゴブリン退治の時もアーデライードの悪口を言おうとして、その美しさを前に二の句が告げられず。何とか捻り出した言葉が「ちびっこエルフ！」とは。自分でも呆れてしまう。

「ところで腕の傷は大丈夫？」

「私はもう大丈夫。腕のいい治療士《ヒーラー》がいたからね」

軽傷だったチルダの怪我は、もうすっかり塞がっているという。街の治療院で治癒《ヒール》の魔法治療を受けたのだ。

主に大きい街の場合は、治療院に『治療士』と呼ばれる修行僧などが常駐しているケースがある。この街には運よくそれがいた。

倒れていた二人は、大怪我を負っていたものの命に別状ないとのこと。アーデライードが言っていた通りだったようだ。但し、完全な治癒には数か月かかるそうである。

「だから、このパーティはこれで解散。残念だけれど、数日限りの仲間だったわ」

数日前にギルドから依頼を受けて、共に出発したばかりだったという。

彼ら二人とは同じ村の出身で、今回初めてギルドで出会いパーティを組んだ。顔は見知っていたけれど、仲の良い仲間というわけではない。同郷だったというだけだ。

チルダは「新たな門出だったんだけどな」と深い溜息をついた。

「ところでエイト君、あの……」

「俺のことは呼び捨てでいいよ。俺もそうする」

「あっ、うん。じゃあエイト。あの、エルフの人のこと……」

「ああ、アデリィのこと？」

正確にはハイエルフだが、指摘しても詮無いことだと黙っておいた。

「私、エルフなんて初めて見た。どういう人なの？」

人間の多く住む街中を、ふらふらと歩くエルフなどそう多くはない。よってエルフやドワーフといった亜人類《デミ・ヒューマン》を見ることなく一生を終える人間も、少なくはないくらいだ。

「えーっと、俺の爺ちゃんの知り合いかな」

「ええっ？　凄く若く見えるけど」

エルフ族は長命な種族である。一説によると寿命がないともいわれている。

その容姿も同様で、非常にゆっくりとした速度で年老いてゆく。しかし幼少期のみは人間と同じ速度で成長する。十二～十三歳くらいを過ぎた辺りから、成長は緩やかになってゆくのだそうだ。いくら長命とはいえ、例えば百年間赤ん坊の姿でいては、自然界で活きてゆけまい。それが自然の摂理なのだろう。

「どう見ても、年下にしか見えないんだけどなぁ」

「そうだよなぁ。でもああ見えて、もう八十歳は軽く超え……」

「エーイトッ!!」

雷鳴のような突然の怒鳴り声に振り向くと、アーデライードが肉をパンで挟んだ料理を持って、すぐ傍までできて突っ立っていた。

全くもって目を離せばすぐこれだ、と言わんばかりの形相である。

隣に腰かけていたチルダがすぐさま立ち上がる。

「あの、アデリィさん。少し聞きたいんだけれど――」

「私をその名で気安く呼ばないで！」

アーデライードは激怒した。両手に持っていた料理を叩き落とす程に。

しまった。そういえばこの愛称は『瑛斗《アンタ》だけ』と言っていたっけ。

チルダにそっと「アデリィは愛称なんだ」と耳打ちをする。

「確かに。初対面の人を愛称で呼ぶのは失礼だったわ……ごめんなさい」

「……よろしい。よく弁《わきま》えているわね」

素直に謝罪したチルダに対し、アーデライードは必要以上に責めることはなかった。瑛斗を前にして激昂した姿を見せるのは、彼女としても本意ではないようだ。

「なんて呼べばいい？」

躊躇《ためら》いながら尋ねるチルダに、アーデライードは金の髪を掻き上げながら、

「そうね、それなら『お姉様』とでも呼べばいいわ」

と、しれっと答えると、微妙な間が空いた。

「ええーっと……あの、それはちょっと……」

「無理があるよ、アデリィ」

「ヴェッ、エッ、エイトまでそんなこと言う?!」

アーデライードは憤慨した。憤慨したというか軽く傷付いた。

気を取り直すように咳払いをして、細い指を形のいい顎に当てると、

「それなら、そうね。『アデル』でいいわ」

ついでに二人に聞こえぬような声でぽつりと「別に思い入れないし」と付け加えた。

アデルとアデリィ——チルダにはその愛称の違いがよく分からなかったが、本人がそれで納得しているのならそれでいい。

「では、アデルさん。改めて聞きたいんだけど」

「いいわ。言って御覧なさい」

「あなたたちって、もしかして冒険者？」

その問いに対しては、いち早く瑛斗が答えた。

「そうだよ。これが初めての冒険になる」

「あなたたちもそうなんだ。実は私もそうなの！」

普段から生気に満ちた光を宿すチルダの瞳がより一際輝いた。そうして斜め掛けしていたショルダーバッグを弄《まさぐ》ると、中から銀色の筒を取り出した。

「お願い！　私が受けた初めての依頼……手伝って欲しい」

銀色の筒の中には、丸められた羊皮紙が入っている。これは冒険者ギルドから仕事を受けたことを証明する依頼書である。この筒を持って探索《クエスト》へ出掛け、内容に従って任務を達成する。

「どうしてもこれを完遂したい」

ぐっと想いを押し殺したような真剣な眼差し。対するアーデライードの答えは、実にあっさりとしたものだった。

「駄目よ。私たちこれから観光するんだから」

「かっ、観光?!」

彼女の想いを、アーデライードは見事に透かしてみせた。絶対にわざとだ。それが分かっている瑛斗は、透かさず助け船を出してやる。

「まぁまぁ、聞くだけでも聞いてみようよ」

「ふーん、まぁそうね。聞くだけならね！」

してやったりの表情で、腕組みしたアーデライードが鼻を鳴らした。

◆

日が沈み、夕食時となった頃。

瑛斗とアーデライードは、チルダと共に酒場《バル》へ食事をしにきていた。注文した料理を待つ間に、チルダは銀色の筒に収まった羊皮紙を開いて見せた。

彼女が冒険者として受託した依頼書の内容は、こうだ。

エーデルの街近郊。イラを結ぶ街道沿いに於いて、オークの群れが商隊を襲撃する事件が頻発している。これを速やかに殲滅し、解決すべし。

オークとは野蛮で好戦的な種族である。人間よりもやや劣る知能、強靭な肉体と怪力を持つ。醜悪な容姿をしており、下顎から突き出た牙と大きな鼻は「まるで豚のようだ」と評されることが多い。

「探索中、私たちは森の中に『アジト』とみられる洞窟を発見したの」

慎重に観察した結果、洞窟を出入りしているオークの数は二匹。その二匹が洞窟内へ入ったところを確認し、早朝まだ寝ているであろう時間に踏み込んだ。

残念ながらオークたちには気付かれてしまったものの、奇襲には成功。この依頼は無事に遂行できるものと思われた。だが洞窟内での戦闘中、別のオークに背後から襲われた。二匹と思われていたオークが、実は三匹いたのだ。

背後から襲われた後衛の魔術師は、頭を強く打って昏倒した。それを守ろうとした騎士の男は、魔術師を庇って腕と肋骨を骨折してしまう。

「それで、命辛々逃げ帰ったってことね？」

「……悔しいけど、そういうことよ」

気分よく季節麦酒《セゾンビール》を傾けてはいるものの、アーデライードはいちいち手厳しい。チルダは下唇を噛みながら悔しそうに答えた。

「三対一の数的不利には敵わない」

撤退を決断したチルダが退路を切り開き、オークの追跡をギリギリで振り切って、なんとか街道まで撤退したのだ。

「そこで俺たちと出会ったわけだね」

チルダは素直にこくりと頷いた。

「本当にありがとう。エイトのお蔭で助かった」

「私にもお礼を言っていいのよ？」

「アナタは何もしていないじゃない！」

やたらと絡んでくるハイエルフに、チルダは我慢しきれず噛みついた。

アーデライードはチルダの反論を意に介さず、麦酒片手に川海老のアヒージョにパンを浸すと、口の中へと放り込む。念願の季節麦酒《セゾンビール》にありつけたお蔭か、どうやらご機嫌のご様子である。

チルダの依頼に対しても、なんだかんだと前向きに耳を傾けている。

「あ、きたきた」

大皿の上に燻製豚《くんせいぶた》とアスパラガスをたっぷり載せたパエリアが届くと、チルダはせっせと小皿へ取り分け始めた。彼女はどうやら世話焼きな性格のようだ。

それを横目にアーデライードは野菜のオムレツへフォークを突き刺すと、依頼書の入った銀色の筒を指先で弄り始めた。

「ふーん、星二つね……」

これはレベル2の依頼書という意味だそうだ。星の数は難易度を示す。星の数が多いほど高難易度の依頼となる。

「初めての冒険でよくこの難易度を選んだわね」

「なっ、なによ！　私は全く経験がないわけじゃないわ！」

チルダは戦士として傭兵団に所属し、三年間先陣を切って戦っていたのだそうだ。

その話をアーデライードは「ふーん」と興味なさげに聞いていたが、それにももう飽きたようで、本日二杯目の季節麦酒を注文していた。

その態度にカチンときたのか、チルダは勘違いした挑発をし始めた。

「なによ？　この難易度を見て怖気付いたの？」

「ふん、そんなの大したことないわね」

「素人ね。どんな依頼でも甘く見ないで」

「あら？　私はその十倍のレベルでも問題ないわよ？」

チルダは、さも開いた口が塞がらないといった表情で頭を抱えた。

「星二十だなんて。呆れた……そんなの魔王討伐くらいだわ！」

そこで瑛斗は「なるほど」と膝を叩いた。実際に魔王を倒したアーデライードには、そう言えるだけの権利が十分にある。

アーデライードは「んふー」と謎の鼻声を上げながら、瑛斗に妙な流し目をする。

「どうするぅ？　やめるぅ？　もうやめちゃおうよぅ？」

チルダは「ぐっ……！」と息を詰まらせて黙り込んだ。瑛斗たちにこの探索を断られて困るのは、チルダの方であるからだ。

だが瑛斗は、逡巡する素振りも見せずに答えた。

「いや、やろう。爺ちゃんも通った道だ」

瞬時にアーデライードの頬と胸の中が熱く昂揚《こうよう》した。

時折、ふと見せる瑛斗の男の子らしい一面。そしてまるであの人のような決断。そんな何気ない瞬間に、アーデライードはゾクゾクっと震えがきて、火が点いたように心の奥が熱くなってしまう。

つい嬉しくなって、二杯目の季節麦酒を一気に飲み干した。

「そう言うと思ったわ。じゃ、決まりね！」

「うう、もう！　そんな舐めた態度で知らないわよ！　私は子守なんてできないからね！」

チルダがそう言い放ったのを、瑛斗は苦笑して聞くしかなかった。

◆

賑やかな夕食を終え、瑛斗は宿屋の裏手にいた。

手頃な空き地をそこに見つけて、腹ごなしに剣の素振りをしにきたのだ。

煉瓦造りの高い塀に囲まれたこの広い空地は、かつて貴族か豪商の邸宅であった場所だろうか。持ち主を失ったのであろう建物は崩れかけ、すっかり廃墟となっている。

ここならば、瑛斗の不自然なほど巨大な片手半剣《バスタードソード》を振り回しても、そう目立つことはあるまい。そう考えてこの場所を今日の修練場所と決めたのだ。

アーデライードは暫くの間、二階に割り当てられた宿屋の部屋の窓から、窓枠に肘を掛けて退屈そうに様子を覗いていた。だが特に何もなさそうだと感じたのか、今はもう顔を引っ込めている。

きっと今頃は、大好きな読書に没頭していることであろう。

「小柄な身体でその力……あなた一体何者なの？」

片手半剣を軽々と振るう瑛斗の背中へ、聞き覚えのある声が掛かった。振り返らずとも間違いはない。そこには赤髪の少女・チルダが立っていた。

「今日は背中からよく声を掛けられる」

「ごめんね。素振りしてる姿が見えたから、つい」

そう言ってチルダは二階の窓を指差した。彼女の部屋はアーデライードの隣の部屋。なるほど、高い塀に囲まれたこの敷地内を見るに適した場所の一つだろう。

彼女は赤い髪を揺らしながら廃墟に開いた穴をくぐって近寄ると、崩れかけた煉瓦積みの建物外壁へ飛び乗って腰かけた。慣れた様子で、軽快な身のこなしだ。

「へぇ……身軽なんだな」

「軽々と巨大な剣を振り回す、あなたの方がどうかしてるわ」

妙なところで感心する瑛斗に、チルダは呆れ顔でそう言った。

自分の身の丈ほどある豪剣を悠々と振り回して戦う瑛斗。これに対してチルダが感じている疑問。実を言えば、この尋常ではない力には秘密がある。

瑛斗にとって異世界の物質は、物質の構成そのものが現実世界とどこか違うようで、大抵の物品は見た目や実際の質量よりも、だいぶ軽く感じられることが多いのだ。

身の丈近い巨大な片手半剣を選択したのも、これが一番しっくりくる重さだったからである。他の片手剣《ワンハンデッドソード》は、丸めた新聞紙程度の重さにしか感じられず、力加減が難しかったのだ。

身のこなしも同様で、現実世界に比べてかなり身軽に立ち回ることができる。

それについて爺ちゃんはよく「月にいるようだった」と言っていた。当然、爺ちゃんは月へ行ったことがないわけだから、あくまでたとえ話でしかない。もしも本当に月面と同様なら、何もかもが六分の一程度の重さになるだろう。だがそこまでの軽さでも、ましてや重力のせいでもないのは明らかだ。

漠然と、だがはっきりと分かっていることは、現実世界よりも異世界の方が膂力《りょりょく》や俊敏性、跳躍力に於いて有利だ、ということだ。

ものによっては、硬度も非常に軟らかい場合がある。異世界へきたばかりの頃は、これらの見分けをつけるのに、かなり戸惑ったものだった。

このことについてアーデライードは常々「異世界人の特性を上手く生かしなさい」と瑛斗に口酸っぱく言ってくる。つまりは「身体能力の優位性《アドバンテージ》を最大限に生かした戦い方をしなさい」ということなのだろう。

なのでチルダの感じた疑問は尤《もっと》もである。しかしこのことは、アーデライードに固く口止めされているので、誰にも明かすことはできないのだろうが。

「どうしたらエイトみたいに強くなれるのかな」

「強い？　俺が？」

「ええ。あの太刀捌《たちさば》き……あれは初心者のものじゃない」

昼間のゴブリンとの戦闘で見せた一刀両断のことを指しているのだろう。

だがあれは上手く行き過ぎだ、と瑛斗は思っている。初めての戦闘で、練習通りの動きができるなんて。そうそうありえない運の良さ。これこそ文字通りビギナーズ・ラックだ。

「あれは、偶然だよ」

「謙遜しないで。偶然でやられてしまった方がショックだわ」

そう言って、チルダは寂しそうに笑った。

あの時に、瑛斗との差をまざまざと見せつけられたのだ、と。

「私はあんな風に、剣を振るうことができない」

彼女は悔しそうに俯いて、訥々《とつとつ》と自らの過去を話し始めた。

チルダ・ベケットは、屠殺《とさつ》業を主な生業とする肉屋の娘として生まれた。

ベケット家は母を幼い頃に亡くした父子家庭であったが、店が繁盛していたため比較的裕福な家柄であったのだという。そんな中で育ったチルダ自身も店先に立ち、肉屋の仕事を覚えて精一杯働いていた。

だがチルダが十三歳になろうかという頃、父を流行り病で亡くしてしまう。

たった一人の肉親であった父までも失い、何の頼りもなくなった彼女は、狡賢《ずるがしこ》い親戚たちに財産どころか土地や店舗、何もかもを奪われてしまったのだ。

そうして嫌気が差したチルダは、当てもなく故郷を飛び出した――

「だから私に残ったのは、これだけ」

腰のベルトから外して見せてくれたのは、肉たたき器《ミート・マレット》。そしてバッグの中にいつも持ち歩いている、肉切り包丁。

「肉を切る以外に、私にできることなんてなかった」

ただ戦士の才能はあった。躊躇することなく肉を切り裂くことができたから。

お蔭で女性リーダーの傭兵団『暁《あかつき》の地平《ちへい》団《だん》』に拾われて鍛えられた。最前線に立ち、夢中で戦い続けて三年。だが最近は、その戦いの日々の中で、違和感を払拭できずにいた。

自分の限界と、剣を振るう意味。

成長期を迎え、身体が変化する度によく分かる、自分の限界。

周囲の戦士たちと比べて平均的な体格、凡庸な筋力。俊敏性と反射神経は多少勝るものの、それでも平均よりは上というだけ。決して突出しているわけではない。

そして剣を振るう意味。最初は生きるためだった。生きるために剣を振るった。だが今は何のために剣を振るい、相対する敵を倒し続けているのか。それが分からなくなった。

三年目を契機に暇を頂いて、傭兵団を抜けた。故郷へ一人戻る希望を告げて、村の近くまで戻ったものの――では、いったいそれからどうするのか。

たまたま目にした冒険者ギルドの人員募集広告に応じて、冒険者としての第一歩を踏み出してみたものの、最初の探索で呆気なく躓《つまず》いてしまった。

今は暗中模索、試行錯誤の最中《さなか》。答えはずっと見つかっていない。

「なんで今日出会ったばかりのエイトに、こんなこと喋っちゃったんだろ……」

冒険者としての初陣で、挫折した気持ちが強烈だったからだと瑛斗は思う。

瑛斗だって気弱くなった時に、誰かに語って吐き出してしまいたい気持ちの時があった。でも瑛斗はそれをチルダに対して口にしない。するべきことではない。代わりに瑛斗は彼女に頼みごとをした。

「少し相手をしてくれないか」

廃墟の壁に立て掛けておいた、二本の竹刀のうち一本をチルダへ放る。

「なにこれ？　バンブーブレード？」

「うん。練習用に使うんだ」

「あのさ、あなたは旅の間に、こんなものまで荷物に入れて持ち歩いているの？」

瑛斗は何の迷いもなく「うん」と頷いた。最初は「練習好きにも程があるわよ」と呆れ顔だったチルダだが、急に馬鹿馬鹿しくなったのか、ふっと笑顔を見せた。

「いいわよ。私の三年間の全て、ルーキーに見せてあげる！」

◆

翌朝、初めての本格的な探索へと出発した。

唐突なアーデライードの我儘で、幌《ほろ》馬車を借りることになった。オークの「アジト」までは徒歩で一時間少々の距離であったが、彼女が歩きたくないと言い出したのだ。

馬車の御者台にて手綱をとるのはチルダ。幌のかかった荷台には瑛斗とアーデライードが陣取った。

暫くするとブツブツと呟くチルダの声が聞こえてくる。そこで瑛斗が御者台を振り返ってみると、青ざめたチルダが恨み言めいた独り言を吐露していたようだ。

「なによあの剣技……あんなの初めて見たわよ……」

「あれは剣道っていうんだよ」

昨夜の剣の練習で、チルダは瑛斗にこてんぱんにされてしまった。いつもと勝手の違う剣術相手だから、そういう結果になるのは仕方のないところではある。

お互いに負けん気を発揮して、汗だくになるまでやり合って。こてんぱんにはされたものの、チルダは少し元気を取り戻したようだった。

「今度、色々と教えてあげるよ」

「うん、お願いね……絶対だからねっ！」

そうチルダと会話をして、ふとアーデライードへと向き直る。

するとそこには、世にも珍しいハイエルフのむくれ顔があった。

「随分と、仲がよろしいようで」

前門の虎、後門の狼――などと言うが、この後の展開を想像するに、女の子に挟まれた経験の少ない瑛斗は「なんでこんなことに」と思わざるを得ない。

「素振りするって出かけて、帰りが遅いとは思ったけど……アンタ何やってたのよ！」

「ええっ？　チ、チルダに手合せしてもらってただけだよ」

「それだったら私がいくらでもやってあげてるじゃない！」

恨み節が炸裂した。ああ、この馬車の中で暫く小言を聞かされるのだろうか。

「なによ！　私との稽古がそんなにご不満!?」

「そんなことないよ」

「じゃあなんでよ！」

「色んな敵と戦って経験を積むといい。そう言ったのはアデリィだろ？」

「ふむ……敵、か。エイトがそういう認識なら悪くないわね……」

顎をつまみながら何やら妙なことを口走っているが、納得しているならひとまずそっとしておこう。アーデライードの怒りが少し収まった隙を狙って、話題を変える。

「ところで『暁の地平団』って傭兵団を知ってる？」

「ふん？　南方国境に拠点を構える騎士団崩れの連中よね」

『暁の地平団』は、うら若き女騎士が仕切るという傭兵団である。

元々は王弟公国——エディンダム王国に属し、その南東に位置する公国の——南蛮国境沿いの街を守護する騎士団だったそうだ。数十年前に起こった奴隷解放戦争に敗走し、現在は傭兵稼業を生業として組織されているらしい。

主に国境沿いの街や村を巡回して怪物たちから守護したり、王弟公国の依頼により山賊や盗賊団を討伐する任務をこなしているという。

「でも最近は、あまり良い噂を聞かないわね」

ここ数年で急激に兵力を増強し、最近は国境を越えてまで活動範囲を拡大させている、ともっぱらの噂だ。依頼は選ばず、対敵は殲滅し、慈悲は与えず。非常に好戦的な様子から、首領の女騎士を『血に飢えた狼』と呼ぶ者もいる。

「享楽主義で闘ってる連中もいるわ」

魔王の侵略戦争終結から、平和な時代を享受する時代へ。それに甘んじて戦闘を娯楽《ゲーム》のように考える輩も、少なからず存在する。

「ま、その傭兵団がそういう連中と同等かどうかまでは、知らないけどね」

そこまで話したところで、御者台のチルダから声が掛かった。

「着いたわ！　さすがに森の奥へ馬車は無理。ここからは歩くわよ！」

◆

馬車を降りて森の中を進むこと十分程度。オークの棲むという洞窟へ到着した。

入り口を見るに、天井の高さはゆうに四メートルを超える。瑛斗の身の丈にほど近い片手半剣《バスタードソード》でも、十分に振り抜くことができるだろう。

洞窟内は崩落してできた天窓《ドリーネ》があり、ある程度の明るさは確保できていた。

「さぁて、ちゃっちゃと行って片付けちゃいなさいよ、若者どもよ！」

いつもと変わらぬ余裕綽々《よゆうしゃくしゃく》な気軽さで、アーデライードは号令を発する。

「ちょ、ちょっと！　中にオークがいるかどうかも分からないのに、そう簡単に行けるわけないでしょ！」

「いるわよ。臭うもの」

精霊使い《シャーマン》のアーデライードは、精霊や気の動きを見て気配を探るのが得意中の得意だ。それを知らないチルダにとっては、もう暴言に他ならない。

「へぇー、随分と鼻が利くのね。犬みたいに」

「言うじゃないの、お猿さん。また減らず口を叩けなくするわよ」

びくっと身体を震わせたチルダが慌てて口元を押さえた。

それを見たアーデライードは、遠慮なしにケラケラと嗤《わら》う。

「ちょ……また、このぉ！　からかったわね！」

皮肉ったつもりが逆襲を受けてチルダは憤慨したが、今はそんな場合ではない。

「どんな依頼でも甘く見ちゃダメなんだろ、チルダ」

瑛斗に注意を受けて、常識人のチルダがしゅんとなる。

それを見たお調子者のハイエルフが追い打ちをかけぬように、瑛斗は「アデリィもな」と釘を刺しておく。これを忘れてはならない。

瑛斗は妙なバランス感覚を、戦闘以上に身に付けつつあるようだ。

一行《パーティ》は不意打ちを受けぬよう、慎重に洞窟内へと足を踏み入れてゆく。

事前に聞いていた通り、洞窟内へは陽の光が入り込んでいるようだ。薄暗いとはいえ差し込む光がぼんやりと足元を照らし、松明《たいまつ》なしでも十分に先へ進むことができる。

三十歩ほど進んだところで、獣の臭いと生き物の気配を感じた。

想定通り――遭遇《エンカウント》したのは、二匹のオーク。

標的《オーク》を視認した途端、突撃を仕掛けそうになったチルダを瑛斗は制止する。先制攻撃の好機を逸してしまったチルダは、思わず抗議の声を上げそうになった。

「……ふーん」

アーデライードはつまらなさそうな表情で、精霊語魔法《サイレントスピリット》を詠唱する。すると眩い光を放つ精霊が現れた。それを前方右側の暗がりへと飛ばす。

「ウィル・オ・ウィスプ」

これは鬼火、もしくは愚者火《ぐしゃび》とも呼ばれる光を放つ精霊である。その精霊に照らし出されて、洞窟の奥から悍《おぞ》ましい姿が浮かび上がる。通常より並外れた巨躯を持つオークであった。

この場にいるオークは二匹だけではなかった。ここで飛び出していれば、チルダはまた前回同様の挟み撃ちを受けていたであろう。

「目に見える敵だけを見てちゃダメだ、チルダ」

瑛斗はアーデライードからの受け売りを、そのままチルダに伝える。その代わり先制は、二匹のオークに取られてしまった。瑛斗は二人を庇うように前衛を担う。

オークの初撃。振り下ろされた棍棒を瑛斗は難なく躱《かわ》すと、二匹目の石斧による攻撃は、背中から素早く引き抜いた片手半剣で受け流す。

相手は二メートル近い巨体を誇るオークだ。筋力は尋常ではない。しかも奥に控えるオークは、その二匹よりも一回り以上体格が大きい。この群れのボスだろうか。

「頬傷のオーク……私の仲間はそいつにやられた！」

このボス・オークの頬には、生々しい刀傷が残る。それはチルダが退路を切り開いた時に付けたもの。その隙にチルダのパーティは、逃げ切ることができたのだ。

復讐心に駆られたのか、チルダは瑛斗の背から飛び出した。彼女の攻撃は素早く鋭い一撃だったが、ボス・オークに通じることなく石斧で弾かれてしまった。

「くそっ！」

「お下がりなさいな、赤毛猿！」

アーデライードのキツい一喝が洞窟内に鳴り響く。

「瑛斗の邪魔しないでって言ってるでしょう？」

「邪魔ですって?!」

「ええ、邪魔よ。素人にいられては迷惑だわ」

アーデライードの熾烈な剣幕を前にして、チルダの抗議はそれ以上続かなかった。実際に自らの剣技が、オークに通用していなかったことも理由にある。

「あなた、傭兵団で先陣切ってたとか言ってたわね？」

「……それが何よ？」

「それがダメなのよ。あんなものは莫迦《ばか》でもできるわ」

相変わらずアーデライードの言葉は、歯に衣を着せず容赦ない。

「いいかしら？　あれは集団戦闘。正面の敵さえ見ていれば、後は指揮官が指示してくれる。でもここは冒険者の領域《フィールド》よ。淡々と命令に従えばいい傭兵団とは違う。冒険者は己の判断が状況を左右する」

「己の判断……」

「エイトは違うわ。冒険者の戦い方。その基礎を。しっかりと身に付けている」

この半年間、アーデライードは瑛斗を冒険者として理想の形へ鍛え上げた。もちろん理想と信念に於いて、その先駆となった模範《モデル》はいる。それも最高の勇者《モデル》が。

アーデライードの苦言にチルダは下唇を噛んだ。初戦で挫かれた悔しさに、心の奥底に残る苦い想い。沈殿する色濃い淀んだ残滓《ざんし》。

「確かにエイトは強いけど……」

「彼はちっとも強くないわよ」

瑛斗の強さに関して、アーデライードはあっさりと否定した。

「彼は剣道をやってて、一度も勝ったことがないって言ってたし」

「い、一度も、勝ったことがない?!」

これは瑛斗の剣道試合での話である。異世界での大冒険を志して、強豪の剣道道場へ通い続けた中学の三年間。瑛斗は一度も試合で勝ったことがない。当然、大会に出場どころか補欠にすらなれなかった。

「だけど彼は決して諦めない。挫けない。目標があるからね」

「目標って?」

「もちろん、世界一の勇者よ！」

アーデライードは自信と確信に満ちた表情で、屈託なく答えた。

いつもは呆れ返っているチルダだったが——この時は、何故かすとんと腑に落ちた。

「でも、オークは初心者が一人で相手する敵じゃない……」

「莫迦莫迦しいわね」

チルダの言葉など愚問と言わんばかりにアーデライードは切り捨てる。いつもだったらそのまま無関心に手放してしまうだろう。だがこの時は少し様子が違っていた。

「だったら、あなたがすることは、何？」

そう言って後ろへ回り込むと、アーデライードはチルダの背中を押した。

洞窟内での戦闘は、理に適《かな》っていた。

巨体で小回りの利かないオークは、狭い洞窟内で巨大な武器を持て余す。一方の瑛斗は腕を器用に折り畳み、長剣を巧みに操る技を心得ている。また洞窟の壁を上手く背にすれば、背後からの包囲を防ぐこともできた。それにより瑛斗の立ち回りは、決して多対一の状況を作らせない。実に見事な戦いぶりである。

よってこの戦闘で、チルダには割り込む余地がない。

だからこそ必死になって考える。冒険者は己の判断が状況を左右する——あのエルフはそう言っていた。

確かにそうだ。自分で考えて自分で動く。傭兵団にいた頃は考えもしなかった。指揮官の命に忠実に。目の前の敵を倒すこと。そればかりを考えていた。

今の私にはなにができるのか。私ができることとは、一体何なのだろう。

その時だった。戦闘に一つの決着がついた。

一匹のオークの胸元に、瑛斗の片手半剣が深々と突き立ったのだ。しかもそれは致命傷となるであろう、渾身の一撃だった。

しかしもがくオークの胸元から、なかなか剣を引き抜くことができない。

ボス・オークが好機と見たか、瀕死のオークを無理矢理押しのけて、瑛斗の死角から石斧を振り下ろす。

瞬間的に、身体が反応した。

傭兵団時代、直感ばかりで行動していたことが幸いした。チルダの幅広剣《ブロードソード》がボス・オークの石斧を滑らせるように受け流したのだ。

「助かったよ、チルダ！　俺の背中は任せた！」

瑛斗に、託された。有無を言わさぬ何かが「これだ」と感じさせた。

己の判断であったとはとても思わない。いつも通りの直感だった。

これで何かを得られたとも思わない。今も瑛斗に命じられただけだ。

しかし、冒険者としての第一歩を踏み出せた。そんな気がした。

それに気付いたチルダは、あえて瑛斗の後衛へと一歩下がった。

瑛斗の動きを一瞬たりとも見逃さぬ。人間には必ず死角が生まれる。その死角を狙われぬよう細心の注意を払う。限界まで集中力を高める。

瑛斗へと襲い掛かる怪物の凶刃を、悉《ことごと》く受け流し、弾き返す。

係る瑛斗への負担は大幅に減った。攻撃に専念し、結果二匹目のオークを仕留めた。

最後はあのボス・オークを残すのみ。

チルダに後衛を託す瑛斗、後衛の魅力を感じ始めたチルダ。

二人の呼吸が整った時、瑛斗の片手半剣が鈍い光を放ち輝きだす。

攻撃付与《エンチャント》の魔法。アーデライードだ。

彼女は満足そうに頷いて、朗々と声を張り、こう言った。

「ご覧なさい、彼は勇者になる男だわ！」

◆

瑛斗たち三人は、街道沿いの丘の上にいた。

戦闘終了後、エーデルの街へと帰り、大いに祝勝会をした翌日である。

「ごめんなさい。まだギルドで換金していないから、今はこれしかないのだけれど」

チルダはなけなしの金貨を一枚取り出した。冒険に対する報酬である。

報酬は一人金貨三枚。前金で受け取っていた一枚しかチルダの手元になかった。

「いらないよ」

瑛斗は穏やかな笑みを浮かべて断ったが、アーデライードが口を挟んだ。

「受け取っておきなさいな」

金貨は戦闘に対する対価。正当な報酬。それが冒険者の証。

「お願いエイト。受け取って欲しい。私とあなたと、アデルとの冒険の証を」

アーデライードとチルダにそう言われて、瑛斗に断れるはずなどない。

「そうか、これが……」

冒険者として、初めての報酬になるんだ。

思わず金貨を強く握りしめる。胸の芯がじわっと熱くなるのを感じた。

「あのね、エイト。おかげで私も目標ができたわ！」

気持ちの中身を改めて確かめると、チルダは瞳を輝かせた。

思えばこれまでずっと最前線で戦ってきたチルダである。これからは冒険者として、仲間の力を最大限発揮させられるような、後衛の技を磨きたいと言う。

それが身体能力で優位性を持たぬ彼女が、考え出した結論の一つだった。

「へぇ。頑張りなさいな。でもここでお別れよ」

アーデライードは、相変わらず冷たく言い放つ。だがその一方で、自らも冷たい視線に晒されていることに気付いていた。

「……何か言いたいことがありそうだけど？」

横目で瑛斗を見ると、彼はへの字口をして何やら無言の抗議をしているようだ。

「あのねぇ……エイトはそうやって、誰も彼も助けて回るつもり？」

「義理がないのは分かっている。だけど初めての冒険の仲間だろ」

瑛斗に真正面から見つめられてそう言われると、アーデライードとしても非常に弱い。にも拘らず、瑛斗はアーデライードの瞳をじっと見つめ続けている。こうなるともう駄目である。狷介孤高《けんかいここう》の彼女も次第にキョドり始めた。

「ま、まぁ？　確かに筋はいいし？　エイトを助けたことは評価に値するわけ？」

アーデライードは、何やら言い訳めいたことをもごもごと自分自身に呟きながら、美しい曲線を描く顎に白く細い指を当てて考える。

そういえば、と何か思い当たる節があったようだ。ニヤリと微笑む。これは悪戯っ子のような時の顔とも違う。どちらかといえば、小悪魔なような狡猾《こうかつ》な笑み。

この顔をした時のアーデライードは大抵の場合、碌《ろく》なことをしない。彼女の笑みを横目に見た瑛斗は「あ、なんか嫌な予感がする」と思った。

しかし流石の彼女も、この状況で悪いようにはしないはずだ……はずだろう。信じたい。

アーデライードは一枚の紙を取り出して、さらさらとペンを走らせる。書いた紙を封筒に入れて何やら幾つかの精霊を呼び出すと、封をする前にふうっと息を吹き込んで、あっという間に封蝋《ふうろう》で封印を施した。

瑛斗に対してはにこーっと微笑み――チルダに対しては渋々と手紙を差し出す。

「恩に着なさい。世界で最高に後衛を熟知する人、紹介してあげるわ」

「へぇーっ、ありがとう……って、これって……？」

表紙の宛先を見るに、聖ヴァルカ修道院高聖司教への手紙となっている。

場所はエーデルの街から更に南下した港町・エルルリア。エーデルから大河を下る定期船に乗って、三日ほどの距離にある街である。

聖ヴァルカ修道院の高聖司教といえば、それはかつて六英雄と呼ばれた者の一人。

「後はあなた次第。徹底的に頼みこんで御覧なさい」

「えっ、えっ……？」

チルダの顔面からは、汗が滝のように流れ出した。

何やらとんでもないものを渡されてしまった気がする。もしかして六英雄と呼ばれた一人に、会いに行かなくてはならないのだろうか。

「ま、まさかね……」

彼女の中の常識と生まれながらの楽観が、交差しながら不安要素を打ち消してゆく。

「あと私はエルフではなくて、ハイエルフよ。二度と間違えないように！」

「ハッ、ハイエルフゥ?!」

どこでそんな会話を耳にしていたのか。チルダがアーデライードのことをエルフと呼んでいたのを、耳聡《みみざと》く聞きつけていたようである。

しかし――極希少種族・ハイエルフとは。長い人生の中で出会うことなど、ほぼあり得ぬと言ってよい。そして彼女の愛称は、アデルであり、アデリィ。

チルダは喉元のどこかで引っかかる違和感に、ふと一つの伝説を思い出した。

「あっ、アーデライード……聖なる森《グラスベル》の大賢者……？」

「あら何かしら？　私のことを呼んだ？」

ふふんと鼻を鳴らして踏ん反り返るアーデライードだった、が――

「って……まっさかぁ！　あっはははは－っ!!」

選りにも選ってチルダは、大声を立てて独りで爆笑し始めた。アーデライードの言うことなど、まるで信用していなかったのだ。

また揶揄《からか》おうとしているに違いない。確かに稀に見ぬ美少女であるから、ハイエルフなのは間違いないのかも知れないけれど。

チルダはそう考えた。今までのアーデライードの大人げない行動を鑑みるに、それは仕方のないことである。

「そもそも大賢者と呼ばれる人が、こんなに子供っぽいハズないでしょ？」

瑛斗は「あーあ……」と頭を抱えた。今日一日は、この我儘ハイエルフの癇癪《かんしゃく》に付き合わされそうな気がする。

隣にいる無言のアーデライードはといえば、ぴきぴきと音が聞こえそうな程、青筋を立てているのがよく分かる。血管が切れてしまわないかと心配になってしまう。

ひとしきり笑い終えたチルダは「よし！」と気合を入れ直すと、エーデルの船着き場へ向けて猛然と走り出した。

こうと決めたら一直線に走りだす、真っ直ぐで一本気なチルダである。勢いそのままに走り去ろうかというチルダだったが、ふいに足を止めて振り返り叫ぶ。

「エイトーッ！　アナタだったら絶対に勇者になれるわ！」

そう叫ぶと、チルダは踵を返し、再び走り去っ――いや、走り去ろうとした。しかし残念なことに「っぷみゃっ?!」と無様な声を上げて転んだ。しかも結構派手に。

「……あのさ、アデリィ。今何かしただろ？」

「さぁ？　彼女がドジなんじゃないの？」

あのまま走り去っていれば、清々《すがすが》しいシーンとして胸に刻まれたはずなのに。こういうことになる時は、必ず悪戯好きのハイエルフが関係しているのだ。

瑛斗が彼女の細い人差し指を確認すると、思った通りタクトのように振られていた。

少女戦士と修行の旅

遥か遠方の、古き友より届いた一通の手紙。
封蝋に施された印璽《いんじ》の刻印。吹き込まれていた風の精霊《シルフ》。
これらは紛れもなく、古き友より届きたる証である。

開封した途端、予想通りに吹き荒れた暴風。
執務机《デスク》に積み重ねられた書類は、吹き飛ばされて散らばった。
数多くの貴重な法具が、装飾が、あっちこっちへ飛んで行った。
切り揃えたばかりの前髪も、くしゃくしゃに乱れてしまった。
何もかも懐かしい。これは古き友のよくやっていた悪戯だ。
あまりの懐かしさに、ふと笑みが零れるくらいだった。

しかし、そんなことは一瞬でどうでも良くなった。

これに比べれば、こんな悪戯など実に些細なことである。
問題は、この手紙の内容にあったのだ――

◆

オーク退治の探索完遂《クエストクリア》より三日後。
ここは港街・エルルリアにある、聖ヴァルガ修道院の謁見室。
荘厳な装飾を施されたこの部屋に、緊張した面持ちの少女がいた。
赤髪の少女戦士、チルダ・ベケットである。
エルルリアの街へと到着した彼女は、すぐさま修道院へと向かった。
そこで疑心暗鬼気味に恐る恐る修道女《シスター》へ手紙を差し出してみる。
すると何故か、あれよあれよという間に中へと通され、謁見室《ここ》にいる。
目の前に座るは、柔和な微笑みで静観する一人の女性。
勧められるがままに、チルダは瀟洒《しょうしゃ》なソファーへ腰かけた。
座り心地が良すぎる柔らかさ故に、かえって居心地は悪い。
しかも腰かけてからずっと、一言も会話を交わしていない。
件《くだん》の女性は、微笑むばかりで何も話そうとはしなかったから。

ただし瞳の奥からは、じっと射抜くかのような眼力を感じる。

まるで査定されているかのような。そんな視線に息が詰まった。

耐えきれなくなったチルダは、おずおずと声を掛けてみた。

「えぇーっと、あの、私は、その……」

「いい瞳をしている」

「はぁ」

「向こうっ気の強そうな、いい瞳だわ」

「はぁ、あの……」

「まだ粗削りだけれど、磨けば様になりそうね」

「あ、ありがとうございます……」

「いいのよ。貴女は何も、悪くない」

「は、はぁ……?」

話がまるで見えてこない。

しかも微妙に噛み合っていない気がする。

そうこうしていると重厚なドアが開き、侍祭《じさい》が現れた。

目の前の女性は、その侍祭に用件を告げる。

「至急、司祭《プリーステス》エルケとヘルマを此処へ」

「畏まりました、高聖司教《アークビショップ》」

こーっこここ、高聖司教様ですって?!

高聖司教と言えば、この修道院で一番偉い人。

この修道院で一番偉い人と言えば、魔王退治の六英雄が一人……。

「エッ、エルルカ・ヴァルガ高聖司教様ぁ!?」

「ええ、そうですとも」

柔らかな、神々しさすら感じる程の、柔らかな微笑み。

彼女こそ聖ヴァルガ修道院にその名を冠するカリスマである。

齢は六十を超えているはずだが、その年齢を感じさせぬ美があった。

彼女自身の、内面から溢れ出る凛とした生気からであろうか。

『世界で最高に後衛を熟知する人、紹介してあげるわ』

確かにあのハイエルフの美少女は、そう言っていた。

エルルカ・ヴァルガ高聖司教。

今でこそ教会の要職に就く彼女であるが、元は戦士である。

勇者ゴトーと出会い、のちに聖職者へと転身した経歴を持つ。

『勇者の背中に傷はなし』

決して背を見せず、常に敵と対峙したという勇者の逸話だ。

だが、その逸話には続きがある。

如何なる時も、後衛に於いて勇者の背中を護り抜いた少女。

勇者の背中には、常にエルルカ・ヴァルガあり。

そう謳われた、生ける伝説の一人だ。

まさしく。これほど後衛を熟知した人は、二人といまい。

あのハイエルフ、何気に凄い？

もしかしたら、ちょっと尊敬できる人なのかも？

「貴女、お名前は？」

「はっ、はいっ！　チルダ・ベケットですっ！」

「チルダさんね……貴女には最高の技術と加護を授けましょう」

「ええっ、わっ、私に!?　あっ、ありがとうございます！」

「その代わり、貴女にお願いがあるわ」

「はいっ、なんなりと！」

その安請け合い。その受け答え。チルダは迂闊であった。

高聖司教の目つきが一瞬にして変わる。

「これは、代理戦争なの」

「は？」

やがて呼びつけられた司祭が二人現れた。

双方共に、若く美しい女性である。

しかし鋭い眼光に引き締まった肉体。隙のない空気と身のこなし。

チルダの、戦士としての直感が、かなりの手練《てだ》れと告げている。

「早速だけれど、この娘《こ》に史上最高の猛特訓を」

「はっ！」

「……え？」

「戦士の下地はあるようよ。半年……いえ、三か月で仕上げなさい」

「お任せください、高聖司教様」

「えっ……ええっ……⁇」

「戦闘だけではなく、女性としての器量も磨き上げるように」

「必ずやご期待に沿った成果をお見せいたしましょう」

「えっ、やっ、はっ、あ、あの、えっ、ええええーっ⁈」

有無を言わさず両脇を抱えられ、チルダは連れ去られていった。

まるで荷馬車へ載せられ市場へ売られてゆく仔牛のように。

六英雄が一人、エルルカ・ヴァルガの通り名は『鉄壁の聖闘士』。

聖職者としての教養と、戦士としての武力を併せ持つ。

そんな聖闘士を育成する大陸最強にして最高機関。
これが武闘派で知られる聖ヴァルガ修道院最大の特色である。

◆

あれから――
思えば私も随分と歳月を重ねたものだ。
勇者と共に旅をした日々から、相当な時が経ってしまった。
数多くの古き友は去り逝き、かの勇者ももういない。
そんな晩秋の想いの中で受け取った、古き友の手紙。
ペーパーナイフを使う間を惜しんで、開いた。
彼女の悪戯なんて、ほんの些細なものだ。
時を経て、円熟味を増してしまったせいもあろうか。
あまりの懐かしさに、思わず笑みが零れたくらいだ。
だがその内容が、私の心に火を点けた。

かの勇者――あの人と共に全力で駆け抜けた輝く日々。
あの人の背中は私が護る。無茶ばかりするあの人の背中を。
誰かのために闘い続ける、かけがえのないあの人の背中を。
私が必ず、護ってみせる。
限りある時の中で、私はいつだって全力だった。
才能も技量も、何もなかった私ができる、精一杯のこと。
誰にも負けたくなかった。絶対に付いて行きたかった。
追い駆けて、追い駆けて、やがて辿り着いたその場所。
でもその場所は、決してゴールではなくて。
地位と名声。栄誉と称号。羨望と喝采。義務と責任。
そんなものは全て、投げ捨ててしまいたかった。
辿り着いたその先へ、私も行ってみたかった。
貴女は今でも変わらないのね、アーデライード。
いいえ、あの頃のように、アデルと呼ぶべきかしら？
いつだって、アデルと顔を合わせればケンカばかり。

いつだって、二人でたわいなく競い合ってばかりいた。
けれど最後は置いてけぼりを食らった二人。
二人で大いに泣きに泣いて、明かした夜もあったっけ。

でもね、アデル。私はやっぱり負ける気はさらさらないの。
それは今でも同じ。この気持ちだけは、まるで変わることがなかった。
私はそれに、気付かされたわ。
何故かですって？　だってその手紙の内容は――
今にもアデルの高笑いが聞こえてきそうだったから。

『ごきげんよう。お元気かしら。
大した用事じゃないのだけれど。
この赤毛のお猿さん、預かってくださる？
貴女みたいになりたいんですって。
私は今、とっても忙しいの。
なんてったって、ゴトーのお孫さんと
旅をしなくてはならないのだから！』

修道院大聖堂の執務室。

その窓を大きく開き、私は叫ぶ。

「巫山戯《ふざけ》るなよ、アデル！　売られたケンカなら買うからな！」

エルフの奴隷と出会いの旅

異世界遠征、八日目。
早いもので、春休みはもう折り返し地点を過ぎた。

初めての異世界遠征。そして初めての戦闘。
突然のゴブリン退治と、オーク退治クエスト依頼の完遂。
この旅は何もかもが、初めての出会いと体験の繰り返しだ。

出会いと言えば、赤い髪をした冒険者と知り合えたっけ。
傭兵団出身の少女戦士、チルダ・ベケット。
彼女は異世界で知り合った、人間では初めての友達。
今頃、なにをしているんだろう?
アデリィが何か悪い顔をしてたけど、きっと大丈夫だろう。

同じ空の下だ。いつかまた逢えると信じている。
爺ちゃんも異世界でこんな風に冒険していたんだろうか。
遥か遠い旅の空の下で、あまりにも広大な大地の上で。
何を思って歩いていたのか。何を感じて歩いていたのか。
そんなことを考えながら、今は俺も。
同じように道を辿り、街を巡っているんだ。
そう考えると、胸が熱くなる。

爺ちゃんの歩いてきた道を。
自分のペースで、ゆっくりとだけれど、歩いてゆく。

◆

旅を続けて八日目の夕刻。瑛斗たちは街道沿いの宿場町にいた。
古き国境の街・エーデルを出て、更に南へ。アーデライードが目指す目的の街へは、まだ辿り着いていない。

今回の旅は約二週間を予定している。だからこの次の街——目的地で折り返さなければならないはずだ。だから「そろそろ引き返さなくていいのかな？」と考える度に、一抹の不安が過る。

まさかとは思うが、瑛斗を予定通りの日程で帰さないために、アーデライードがわざと遠回りをしている、なんてことがないだろうか。今はただ、そんなことがないことを祈るしかない。

そんな瑛斗の不安を余所に、呑気なハイエルフは鼻歌交じりに今日も町中を闊歩する。

この宿場町は、他の街と比べると随分と活気があった。

活気がある、というのは良く言ってのことだ。率直に言えば柄が悪い。イラやエーデルの街とは雰囲気がまるで違う。宿場町というよりは、完全に酒場中心の繁華街である。

ごった返す人波、それに伴う喧騒は今までの比ではない。大声を上げ合う酔客に、胸元をはだけた呼び込みの女たち。裏通りには殴られて伸びている者までいた。

そんな人ごみの中を、アーデライードはへっちゃらで分け入っていく。

「こういうところ、エイトの異世界にもあるんでしょう？」

瑛斗は「どうかな？」と首を傾げる。日本とは文化や雰囲気自体が遥かに違うので、一概に同じとは言えない。そもそも高校生の身分である瑛斗が、日本の居酒屋事情を知るべくもないのだ。もしかしたら新宿の歌舞伎町やら池袋西口辺りはこんな感じなのかも知れないが、健全な青少年である瑛斗にはあくまでイメージでしかない。

「でもゴトーは、よく赤提灯で飲んでいたそうじゃない」

言われてみれば爺ちゃんには、赤提灯のぶら下がった行きつけの居酒屋が近所にあった。でも家族経営でやっているアットホームな店だったから、アーデライードの思い描いているところとは違う気がする。

繁華街裏通りの赤提灯居並ぶ飲み屋街ってこんな感じなのかな、と偏見含みで想像してみるに、そこでふと思い当たったことが一つある。

確か、終戦直後にはガヤガヤと騒がしい雰囲気の「なんとか横丁」みたいなのが多かった、と爺ちゃんが言っていたはずだ。

アーデライードが爺ちゃんと旅をしていた時代は、そういう横丁を飲み歩いていた頃があったのかも知れない。恐らくこの宿場町は、その雰囲気そっくりそのままの面影を残しているのだろう。

瑛斗が真面目に推測を導き出す寸前で、アーデライードから別の質問が寄せられた。

「ところでエイト、聞いてもいいかしら？」

「なに？」

「赤提灯って、なに？」

アーデライードは「いまいちピンとこないのだけれど」と付け加えた。

瑛斗は心の中で、膝からがっくりと崩れ落ちていた。

◆

宿を押さえた二人は食事をしようと、とある酒場に入った。

喧騒の酒場ではあったが、思っていたよりも雰囲気は悪くない。

実はアーデライードが事前に『悠久の蒼森亭』の酒場の主人《マスター》からリサーチしていたそうだ。店も料理も見た目は悪いが、味は旨いと保証する。加えて客層も周りに比べりゃ悪くない、とのことだ。

その辺り、まだ少年カテゴリーの瑛斗に気を配ってくれたものと思われる。

もしもアーデライードが現実世界にいる普通の女の子だったら、デートコースとかちゃっちゃと決めるのが好きなんだろうなぁ――と、他人事のように瑛斗は思っていた。だがそれは当たらずとも遠からず、である。

但し、この鈍感な勇者候補は、それに全く気付いていなかったが。

さて焼き固めたライ麦パン《ロッゲンブロート》と、ジャーマンポテト。塩漬けの豚脛肉を丸々一本使った豚脛肉煮込み《アイスヴァイン》が届いたところで、先程の話の続きに戻った。

「でね、アデリィ。赤提灯ってのは、ランタンの一種で――」

「そう。それは分かるの。でも問題はその先なの」

スープに浸したライ麦パンを齧りながら、アーデライードはテーブル上の水滴を集めて絵を描いて見せる。

「紙と竹の包みの中に、こう、蝋燭《ろうそく》を立てるわけでしょ?」

「そうだね」

「燃えない？　だって紙と竹なんでしょう？」

アーデライードの言いたいことはよく分かる。鉄と石の文化圏の者に「日本の昔ながらの住宅は、その殆どが木と紙でできている」と言うと、大抵驚かれるものだという。

それに時代劇なんかでも、夜道で辻斬りに襲われて落とした提灯が燃え上がる――なんていうシーンを目にしたことが瑛斗にだってあるくらいだから、馴染みのないアーデライードが不思議に思うのは仕方がないことだろう。

「しかもそれを赤く塗って店先に飾るって、どういうことなの？」

そう言われても、瑛斗は明確に答えることができない。ただ一言だけ、

「誘蛾灯……みたいなものじゃないかな」

と、だけ答えた。例えば寒い冬の夜。赤い暖色を帯びた光を見れば、まるで炎に誘われる蛾のように、あったかいお酒を呑みに誘われてしまうものではないだろうか。

ちなみにこれは、瑛斗の父が「あれは誘蛾灯なんだよ。だから仕方がないんだよ」と母によく言っている台詞である。するとアーデライードは、

「……わかる」

と一言だけ、極めて真剣な表情で呟いた。

このハイエルフ、漢字で書いたら『廃エルフ』なんじゃないのかな、と思うことが瑛斗には時々

ある。口にすることは決してないけれども。

口元に手を当てて「恐るべきは、このランタンを考え出した異世界の商人たちね」などとブツブツ呟いているが、瑛斗はもう無視してしまうことに決めた。

「あ、そうだ。ランタンといえば――」

そう切り出して、瑛斗は別の話題をアーデライードに提供する。

「あの精霊、ジャック・オー・ランタンともいうそうだね」

先日、オークとの戦闘前にアーデライードが呼び出した、光を放つ精霊についてだ。暗い夜道を歩く時によく呼び出していたので、これまでにも瑛斗は目にしていた。

光の精霊「ウィル・オ・ウィスプ」は、別名「ジャック・オー・ランタン」とも呼ばれている。ランタンを持つ男《ジャック》という意である。

生前自堕落に過ごした男が死後何処へも行けずに、悪魔から燃える石炭をもらって彷徨い歩いている、というアイルランドやスコットランドに残る伝承だそうだ。

現実世界の言葉が使われていることからも分かるように、この光の精霊が「ウィル・オ・ウィスプ」と呼ばれ始めたのは、ここ数十年のことである。大陸全土で様々な呼ばれ方をされていた精霊を、現在では共通語《コモン》に統一して呼ぶようになりつつあるためだ。

ちなみに精霊語で呼び出す際には単純に、光の精霊、水の精霊、風の精霊、程度の意味しか持たないらしい。精霊界は個にして全。名前が必要のない世界だからである。

他にもここ数十年の間で、瑛斗の住む現実世界での呼び名と同様になったものは数多い。例えば怪物の名称や武器の名称。日本語で的確に表現できないものは、英語など主にヨーロッパ語圏の言語を共通語として採用している。

「あの光る精霊は、いつ見ても便利そうだよなぁ」

「そう？　だったらエイトも覚えたらいいわ」

生まれついて精霊に馴染みのあるハイエルフは、難しいことをあっさりと言う。でも折角、師匠としては最高の高位精霊使い《シャーマンロード》が傍にいるのだ。だから試す価値はありではないだろうか。

いつものグラスベルの森へ帰ったら、試すだけ試してみようと思う瑛斗であった。


食事も概ね終わり、アーデライードの時間になった。

アーデライードの時間とは、要するにお酒の時間である。この旅の間は夜だけと二人の間で決めているのだ。彼女は背もたれに深く腰かけて、のんびりと寛ぎながら酒を傾け始めた。今宵の一杯は、オーク樽で寝かせた麦の蒸留酒だそうだ。

酒のアテには胡桃《くるみ》を注文した。この胡桃は異世界の亜種らしく、指で摘むとピーナッツのように殻が割れるので非常に食べやすい。瑛斗がぱきぱきと殻を割っては、アーデライードの皿の上に乗せてゆく。

アーデライードが陰でこそっと何かをやっているな、と思っていたら、氷の精霊を呼び出してロックアイスを作っていたようだ。いつの間にかグラスの中身は、ストレートからロックに変わっていた。

「これ、ウイスキーっていうのかしら？　それともバーボンっていうのかしら？」

ちびちびと大事そうに酒を飲みながら呟く。言語学の研究者として、また共通語の編纂《へんさん》者として。

その辺りの区別というのは、寛いでいる時でも気になってしまうものらしい。

「アデリィがそれを頼んだ時、なんて注文したのさ？」

「ん、お酒頂戴って」

確かにそれでは種別など分かりようがない。この異世界には明確な酒類を設けず、ただの「酒」と呼ぶだけの酒場もまだ多い。

「だからいまいち違いが分からない」

「その違いを聞かれても、俺にも分からない」

アーデライードに詳細を問われる前に、先に釘を刺しておく。

「いいわ。エイトが大人になったら、一緒にお酒を飲みながら教えてもらうから」

彼女は「んふ」と笑みを浮かべながら、顎の下で指を組んでしなを作ると、艶っぽい流し目で少し大人びたポーズをとった。絶世の美少女の婀娜《あだ》めく姿勢。普通の男であれば欲情を昂ぶらせたことであろう。

「俺が酒についてアデリィに教えることなんて、多分ないと思うよ」

だがそこは相手が瑛斗である。鈍感な上にまだまだ興味は別のところだ。そして彼女の子供っぽい中身をよく知っている。だから気にも留めず「なんか背伸びしてるなぁ」程度に受け流してしまった。なんとも罪な少年である。

何の反応も見せやしない瑛斗に、アーデライードは面白くなさそうな顔で、胡桃の剥《む》き実をポリポリと齧った。一方の瑛斗は、まるで自分の仕事であるかのように黙々と胡桃の殻を割る。

「まぁ、エイトをお酒に誘うのは、まだ早いものね」

ぽつりと呟いて、小さく溜息を吐き出した。

そこでふと気付いたように「でも夜な夜なお酒のお供をさせるのは、青少年の教育とやらによくないかしら」と不安そうに小首を捻る。

「大丈夫。爺ちゃんも父さんも、夜はお酒を飲んで過ごしてるもんさ」

瑛斗のナイスフォローと、少年らしからぬ気遣いが心憎い。

そんな瑛斗と共に旅をする幸せを不意に感じたのか、アーデライードは「んふー」と声を漏らすと急にニコニコし始めた。

その直後辺りのことだろう。アーデライードの後ろの席にいた男たち数人が、ガタガタと音を立てて席を立った。男たちは何やらニヤついた表情で、アーデライードの真後ろへ真っ直ぐに向かっているようだ。

彼らが先程からこちらの様子をチラチラと窺っていたのは、瑛斗も気付いていた。だがもう隠す気がないようで、横柄な態度を見せつけるように近寄ってくる。

気配の察知に優れたアーデライードのことだ。きっと彼女も気付いていることだろう。だが万が一を考えて、瑛斗は警戒を怠らない。気付かれぬ程度に椅子を引いて腰を浮かす。

「よう、姉ちゃん。ご機嫌じゃねぇか」

男の一人がアーデライードの後ろから声を掛けてきた。

「こっちにきて一杯やらねぇかぁ？」

「色々と楽しませてやるぜぇ？　なぁ！　うへへぇ！」

なるほど。どうやら男たちはアーデライードの酔いが回るのを待っていたようだ。彼女がニコニコとし始めた様子を見て、声を掛けてきたというところだろう。

中身はさておき、外見上は超絶美少女のアーデライードである。彼女が男性に声を掛けられるのは、実は一度や二度のことではない。その度にまるで蝶がひらりと蜘蛛の巣をかいくぐるかのように、彼女はするりとその手を躱すのだ。

しかし今日は少し様子が違う。宿場町の雰囲気同様、客層も今までよりは良くないようだ。完全に無視を決め込んでニコニコとしているアーデライードに、しつこく声を掛けてきていた。だがそれにもそろそろ焦れてきたようだ。

「おい姉ちゃん、無視を決め込んでるんじゃねぇぞ！」

そう凄んだ男が、アーデライードの肩を掴もうとした寸前。

「邪魔よ」

彼女は男の手をぴしゃりと叩いた。男は「うっ」と呻《うめ》いてたじろぐ。

その手には、いつ掴んだのかテーブルナイフが握られていた。恐らくはナイフの背で男の手の甲を叩いたのだろう。彼女の素早い動きに、瑛斗はいつも感嘆させられる。

アーデライードの切れ長の瞳が、冷淡な色を帯びて男を睨《ね》め付ける。

「汚い手で触らないで。虫唾が走るわ」

「なんだと、この女《アマ》ァ！　優しくしてりゃつけ上がりやがって!!」

瑛斗は「いつ優しくしたんだろうな」などと思いながら立ち上がると、掴みかかろうとした男の手を掴んでピタリと止めた。すぐさま相手の手首に持ち替えて内側へ捻る。そうして動きを封じると、相手の男たちの方へと突き飛ばした。

瑛斗が覚えた技の一つ、護身術だ。

「やっぱりアデリィよりも動きが遅いや」

「私の敏捷度《アジリティ》に慣れると、大抵は遅く感じるわよ」

そう呑気に話をしていると、大男がのしのしとこちらへ歩いてきた。男たちと同じテーブルにいたのだから、恐らく仲間だろう。ずっと様子を見ていたようだったが、仲間がやられたのを見てしゃしゃり出てきた、というところだろうか。

瑛斗の倍はありそうな体重。二回りは大きい上背。恐らくこの連中のボスだろう。

「おいおい、誰だぁ？　俺の馬場に馬を止めたヤツぁ？」

と、大男は妙なことを大声で言い出した。

「俺たちは徒歩だ。馬には乗ってない」

「いいや、見たことのない馬だ。お前ら以外にありえねぇ！」

完全に後から無理矢理にこじ付けた因縁である。

「ま、仲間がナンパに失敗して撃退されたとなれば、喧嘩の理由にしちゃ最悪だものね」

「ああ、そうか。そういうことか」

周囲はすっかりこちらに注目している。それで妙なアピールを始めたのか。アーデライードの説明に、瑛斗はやっと納得した。一方の大男たちは、恥をかかされて真っ赤になっている。

「もういいわよエイト。あなたは座って胡桃でも割って頂戴」

アーデライードがそう言うならば何か策があるのだろう。瑛斗はやれやれと席に着く。

「あぁん？　胡桃だとぉ？」

大男とその仲間たちは一斉にニヤニヤと嗤い出した。何事かと様子を伺っていると、先程の騒ぎでテーブルの上に転がった胡桃の中で、比較的小さなものを一つ、厳つい手で摘み上げた。

「いいか、よーく見ていやがれよ」

大男が胡桃を両掌に挟むと、憤怒の表情と唸り声を上げて力を籠め始めた。

顔を真っ赤にして力を込め続けていると、やがてバキンと音を立てて胡桃が割れたようだ。そうして粉々に粉砕した胡桃を、テーブルの上にバラバラとぶちまけた。

「ワッハハハッ！　貴様の頭蓋もこうなりたいか！」

「……え？」

瑛斗は思わぬ出来事に、ついきょとんとする。

ふと気付くと余裕の下卑た笑いを浮かべていた大男たちが、瑛斗を見て一斉に青ざめていた。一方のアーデライードといえば、ニヤニヤと小悪魔のような笑みを浮かべている。

指先でパキパキと胡桃を割る瑛斗。その胡桃をぽくぽくと食べるアーデライード。

「実はね、それ指先でパキパキ割って食べるような代物じゃないわよ」

「……酷いな、アデリィ」

瑛斗は「しまった」と思った。異世界ではものによって力加減が違う上、たまに予想外に軟らかい素材がある。どうやらこの胡桃がその一つだったようだ。

気を付けていたつもりだったがやってしまった。だがアーデライードがくすくすと笑っている様子を見るに、もしかしたら――いや、知っていてやらせていたのだろう。

治安の悪そうな宿場町である。邪魔な狼藉者たちと無用な揉め事を避ける意味もあったのだ。ただ相手のアンテナ感度が低ければ意味をなさない。と、そういうところか。

ところでその感度の低い連中はといえば、すっかり震え上がっていて、どうも生きた心地がしていないようだ。

「ちっ、ちっくしょう！　おおお、覚えてやがれよ！」

悪役が退却する時の定型文を口にすると、大男たちは取り囲んだ酔客らの大笑いに見送られながら酒場を出て行った。

「あっははは！　こりゃあ痛快だぜ！」

「おいマスター！　こっちにも胡桃を一皿頼む！」

「おう、こっちも一皿！　まさか胡桃で胸がスカッとするなんてな！」

酒場の中はちょっとした騒ぎになってしまった。中には胡桃を素手で割ろうと奮戦する者まで現れている。こうなると悪目立ちしてしまったようで、瑛斗としては気恥ずかしい。

「ア、アデリィ……」

「いいじゃないのよ。堂々としていなさいな。うっふふ！」

アーデライードは本日最高の笑顔で微笑んだ。


酒場の喧騒が一段落落ち着いた頃。酒場の主人がこっそりと一杯奢ってくれた。騒ぎを起こさないで収めてくれたこと。それと商売繁盛のお礼だという。

主人の話では、彼らはこの宿場町に最近よく駐留している奴隷商人とのことだった。

元から住んでいるこの町の者たちは、彼らの存在を快く思っていないそうだ。金回りはいいものの、粗野で横暴な連中が多いためだ。

奴隷商人たちが立ち寄るようになってからは、他の街から流れ着いた傭兵団や無頼漢どももいつくようになってしまった。宿場町に金を落としてゆくのは良いが、町の治安悪化には、ほとほと困り果てているという。

奴隷がどうこうという話は、どこかで聞いたことがあるような。そこで瑛斗はつい先日のオーク退治の際に、馬車の中で少し話題に出てきていたことを思い出した。

「ねぇアデリィ。そういえば奴隷解放戦争があったって言ってたよね」

「ええ。二十数年前、王国騎士団を破竹の勢いで打ち破った戦争よ」

奴隷解放戦争とは、未開の南方国家群と共に『傭兵王《ようへいおう》』と呼ばれた男が起こした戦争である。かつてエディンダム王国は、南方部族に攻め入っては奴隷として連れ帰り、安価な労働力として過酷な環境下で働かせていたという。

そんな状況に憤激した『傭兵王』が、王国の悪しき慣習を打破すべく南方部族を纏め上げ、巨大国家群と精強な軍へと変貌させて、王国相手に宣戦布告したのだ。

戦場に於いて『傭兵王』は、常に先陣を切って南方軍を鼓舞し指揮をした。その天下無双の豪剣と、戦場を縦横無尽に駆け巡る用兵術。また勇猛果敢な南方軍の士気は素晴らしく、数多くの王国騎士団は為す術もなく敗れ去った。

全てのエディンダム王国兵を南方の地から駆逐し、国境騎士団を機能不全まで瓦解させると、王国との和平協定と不可侵条約に加え、奴隷制度の廃止を約束させたのだ。

そうして『傭兵王』は、南方国家群の独立を宣言したのである。

これによりエディンダム王国内での奴隷制度は撤廃され、現在では禁じられている。

「んー、ここ四半世紀で起きた事件の中では一、二を争う出来事だったわね」

そう言いつつも「魔王戦争に比べたら大したことないけどね」と付け加えることをアーデライードは忘れない。

「じゃあ、奴隷の売買自体が、今の王国内では違法行為ってことか」

「そういうことになるわね」

ここでアーデライードが酒杯を傾けると、中の氷が音を立てて鳴った。

「ところで『傭兵王』ってどんな人物なんだ？」

「詳しくは知らないけど、エディンダム王国側からは『彷徨《ほうこう》の狂戦士《バーサーカー》』の通り名で嫌われているし、南方の異民族国家群からは快刀乱麻の活躍をした救世の大英雄。言うなれば六英雄に次ぐ有名人の一人ね」

戦争の功績以外にも言い伝えられる伝説は数多く、王国の姫君を誘拐したり、王家の秘法を盗み去ったりするなど、様々な逸話を残す魅惑的な人物のようだ。

「このあたりについては、幾多のラブロマンス小説などでも題材に上がる程よ」

「アデリィも読むの？」

「……読むけど。読みますけど。何か？」

活字中毒の選書に異論はない。ただ聞いてみただけである。

「ただね、この奴隷制度の最大の恩恵を授かっていたのは王弟公国なの」

王弟公国とは、エディンダム前王の弟が南方国境付近に分け与えられた公国領である。権力闘争に敗れ、王都に最も遠い地へ流転させられたとも伝えられる。

「南方国境沿いでは、未だ奴隷売買行為が行われているようよ。特に奴隷制度廃止で最大の損害を蒙《こうむ》った王弟公国では、更に闇市場が盛んとの黒い噂もあるわ」

そこまで語ったところで、酒場の主人からの奢りを丁度飲みきった。

「あーあ、楽しかった。それじゃ今日はもう宿へ帰りましょ」

この日の夜は、それでお開きとなった。

◆

早朝。まだ朝霧のかかる中。

昨夜の喧騒はどこへやら。寝静まった宿場町はひたすらの静寂に包まれている。

そんな宿場町を離れ一人、街道沿いを外れた森に瑛斗はいた。身の丈程もある巨大な片手半剣《バスタードソード》を背中に背負い、小さなバッグを身に着けている。

まだ眠っているアーデライードを宿屋へ置いて、瑛斗はこっそりとここへきていた。

背中から外した片手半剣を、ゆっくりと抜き放つ。
上段に構え、朝の涼やかな空気を胸の中へと静かに引き入れる。
ヴンッ！
森の大気を引き裂くように、瑛斗は剣を振り下ろした。
初めての戦闘から四日目。身体の芯にじんわりと残る、熱。
日中の街道に怪物《モンスター》たちの姿はなく、実に平和な旅の行程となっている。
そのことに不満があるわけではない。ましてや戦闘を望むわけでもない。
ただ漠然と、自らの未熟さを取り返したい焦りがあった。
初めてのオークとの戦闘。大きな怪我なく終えたのは良かったと思う。
だがそれも、チルダやアーデライードの助力があってこそだ。
なにも一人で戦い続けるつもりはない。
さりとて、一人でも戦える力が欲しい。
そんなジレンマの中で、じっとしていることができなかったのだ。
鉄は熱いうちに打て、という。
今はひたすら稽古を積んで、いずれ絶対に強くなりたい。
みんなを、仲間を、守れるくらいの力が欲しい。
その一心を両の腕に込めて、今はただ、剣を振り続けている。

十五分ほど素振りをし続けただろうか。

涼やかな春の朝とはいえ、じんわりと汗が染み出した頃。

不意に森の奥から歌声のようなものが聴こえてきた。

空耳だろうか。もしくは、何らかの動物の遠吠えかも知れない。

そう思いながらよくよく耳を傾ける。だがどうしても人の歌声にしか聞こえない。それもとても幼い少女のような高音域発声《ソプラノボイス》である。

こんな早朝の森の中から聞こえるなんて。無視することもできるがどうも気になる。逡巡した瑛斗であったが、こういう時こそ持ち前の好奇心が疼く。

瑛斗は歌声の聞こえる方向へ行ってみることに決めた。

もしかしたら魔物かも知れない。歌声で旅人を惑わす魔物と言えばセイレーンか、マーメイドか、ローレライか。稀にハルピュイアも歌うようだが、さて。

街道沿いは王国騎士団の巡回に護られているため、凶暴・凶悪な怪物は概ね退治されているはずである。とはいえ油断は禁物。瑛斗は慎重に歩を進めることにした。

歌声の方へとかなり近づいた頃、その歌が急にピタリとやんだ。瑛斗の気配に気付き、歌うことをやめてしまったのだろうか。

しんと静まり返った森の中は、もう何の気配も感じられない。先程まで聞こえていた歌ですら、幻聴だったのではないかと思わせる程に。

瑛斗はじっと森の奥へと目を凝らした。木々の一つ一つを確かめるように。

すると一本の木に縄が巻き付けられているのを見つけた。不自然さを感じた瑛斗がその木へと近づいてみる。

果たしてそこには一人のまだ幼い少女が座っていた。

しかしそれは、尋常な様子では、ない。

身体には拘束具。首輪を付けられ縄に繋がれていた。

歳の頃は見た感じ、十に満たないくらいだろうか。

手には木製の手枷。粗末で簡素なボロボロの服。

ボサボサに乱れた真っ白な髪。傷だらけの細い手足。

感情の抜け落ちた無表情な顔。赤みを帯びた虚ろな瞳。

そして何よりも特徴的なのは、アーデライードのように尖った長い耳。

ただ、彼女《ハイエルフ》と一点違うのは、日焼けしたように浅黒い肌。

外見から察するに、この幼い少女は『ダークエルフ』。

爺ちゃんから幾度となく聞いた、エルフ族に於いて異端とされた種族。

暗黒魔術を極めんと、悪魔に魂を売り渡した祖先を持つとされる種族。

全ての種より忌み嫌われる、呪われた宿命を背負う種族。

瑛斗は昨夜の話を思い出していた。

「南方国境沿いでは、未だ奴隷売買行為が行われている」

此処から南方国境までは随分と遠いはずだ。だがここは国境から内陸へ街道を進めば必ず通る交易の十字路《クロスロード》に位置する宿場町である。ならば奴隷商人に攫われて連れてこられているとなれば辻褄が合う。少女の状態と瑛斗の直感が、そう告げている。

「酷いことをする」

沸々と湧き上がる怒りを抑え、片手半剣を抜き放つ。

一瞬、少女はびくりと身体を震わせた。きっと張り詰めた緊張感が恐ろしかったのだろう。

だからこそだ――ゆっくりと息を吐き、心の中にある怒気を鎮めると少女に向かい合う。

「大丈夫、怖がらないで」

そう声を掛けると、瑛斗は剣をフルスイングさせて縄を断ち切った。

「絶対に動くなよ」

続いて手枷を大地へ押しやると、剣を垂直に宛てがう。留め金具に狙いを定め全体重を乗せ突き抜くと、見事中心からへし斬れた。

これで少女を束縛する全ての拘束具は外れ、自由になった。

幼い少女の目線に合わせてしゃがむと、瑛斗は彼女に尋ねた。

「もしも行く当てがあるならば、好きなところへ行くといい」

しかし少女は動かない。表情一つ変えることもない。

余程怖い目に遭ったのだろうか。感情そのものが壊れてしまったように、虚ろな表情で身を竦《すく》ませるだけだった。

帰るべき場所があるのだろうか。それとも何処へも行く当てはないということか。少女の意志が分からぬ以上、無暗に連れ回すわけにはいくまい。

瑛斗が問いあぐねたところで、ふと当初のきっかけを思い出した。

「ああ、そうだ。もしかしてさっきまで歌っていたのは君かい？」

少女はこくりと頷いた。

「そうか。とても綺麗な歌声だった。いつかまた聞かせて欲しい」

そう言って瑛斗は、屈託ない笑顔を少女へ向けた。

されど少女は感情を顕わにすることはなく、語る言葉は何一つなかった。

たった一つの行動を除いて。

少女の、細い右手がゆっくりと伸ばされ、瑛斗のシャツを掴んだ。

小さく震える手。じっと見つめ返す瞳。

少女が奥底に眠らせている心を。殺されていた感情を。瑛斗は垣間見た気がした。

ただ気付くことができないだけで、きっとそこには存在している。

そう思える確信めいたものを、感じさせる何かがあった。

「おい、てめぇ。そこでなにしてやがる」

瑛斗の背中へ声が掛かった。この声は聞き知っている。

昨夜の酒場にいた奴隷商人、そのうちの一人。テーブルの中心にいた大男。

近付く者がいたことは気付いていた。だがそんなことはどうでもいい。

瑛斗は一切振り向くことなく、じっと少女の目を見つめて立ち上がる。

「心配いらない。俺が絶対に護ってやる」

初めて、この幼い少女から能動的に求められたこの手を。突き放すことなど、決してできるはずがなかった。

少女の意志は受け取った。ここから先は瑛斗の領域だった。

「おい、何してやがるって聞いてるんだ！」

奴隷商人の大男が怒鳴ろうと、瑛斗は一切振り返らない。

片手半剣の柄を力強く握りしめ、瑛斗は静かに怒りを押し殺していた。

もっと近づいてみろ。もっと怒《いか》ってみろ。そして剣を抜け。

そうすれば、容赦なく痛めつけることができる。そう考えていた。

だが、そう考えていた瑛斗を、一瞬で冷静にさせたものがある。

それはダークエルフの少女の手。震える小さな手だった。

ぎゅっと握られたまま、瑛斗のシャツの端っこを掴んでいる小さな手。

それに気が付いた時、瑛斗は思い出すことができた。

怒りに任せて剣を振るっては全てを見失うことを。

幼気《いたいけ》な少女を前にして、自分は何をしようとしていたのか。

「もう大丈夫。安心して俺を信じてくれ」

優しく少女の頭を撫でると、離す様子のない手をそっと握る。

ダークエルフの少女が、瑛斗の瞳を覗き込んできた。

仄赤く、透き通る幼い少女の瞳。

その瞳に誓うように、瑛斗は力強く頷いた。

「この野郎！　フザけるんじゃねぇぞ！」

「おい、親方の声が聞こえねぇのか!?」

相変わらず奴隷商人の大男たちは、幾度となく大声で怒鳴り散らす。

だが冷静になって気が付いた。彼らはそれ以上近寄る気配がない。

その理由は恐らく瑛斗の右手にある。この身の丈程ある剥き身の巨大な片手半剣。これを警戒してのことであろう。

もしこれほどの長剣を自在に振り回すことができるのならば、それは勇猛な戦士か。はたまた歴戦の騎士か。警戒せざるを得ない程の武器であるということだ。

稽古の時にアーデライードがよく言っていたアドバイスを思い出す。

「異世界人の特性を上手く生かしなさい」

こんな場面《シーン》でも、このアドバイスは変わらない。つまり武器を振るわずとも十分にハッタリが利く、ということだ。心に余裕ができると、頭も動く。

「なるほど……よく分かったよ、アデリィ」

そうと分かれば、この特性を存分に発揮してやろう。

瑛斗は一つの策を思いついていた。

「無視するんじゃねぇ！　こっちを向きやがれ！」

奴隷商人の怒鳴り声に応えるように、瑛斗はゆっくりと振り向いた。

「あっ！　てっ、てめぇは、昨夜の小僧……！」

「小僧とは、俺のことか？」

眉根を寄せ、脅す目付きで睨め付けると、重量のある剛剣をものともせずに、片手でブンブンと振り回す。最後にズンと肩にかけて構えると、更に凶悪な目付きで睨め付けた。

「この俺に何か用か？」

胡桃を指先で砕いて見せた昨日の今日だ。効果は絶大である。

奴隷商人たちは「ひっ」と小さく声を上げると、仲間同士で貶《けな》し合い始めた。

「おおお、おい、てめぇら！　なんで奴隷をこんなトコに繋いどいた！」

「無茶言わんでくだせぇ。親方が押し付けたんじゃねぇですかい！」

動揺した大男らはすっかり怯えきっていて、ひそひそ声にもなりはしない。

「だ、だって、ダークエルフなんて気味悪《わ》りぃし……」

「アイツ、チビのくせにヘンテコな魔術を使いやがるじゃねぇですか！」

「他の奴隷も気味悪がって騒ぐし、見張りだってしたかねぇよ！」

奴隷商人たちは、我先にと勝手に事情を説明し始めた。その様子を瑛斗はじっと観察すれば、聞かずとも概ねの事情は呑み込める。

事情を掴むと、瑛斗は目一杯凄みを利かせた声で脅しをかけた。

「おい、これはお前らの仕業か！」

「そ、そうだ。俺の奴隷だ！　だから、ど、どう扱おうと俺たちの勝手だ！」

「そうか、お前らの仕業か……」

「ひぃぃっ！」

「この奴隷、気に入ったぞ」

「なん、だ……えっ、あっ……はぁ？」

「ダークエルフの奴隷とは、面白い」

呆気に取られる奴隷商人たちを尻目にニヤリと笑うと、瑛斗は自らを「武門の出、貴族の三男坊」と自称し始めた。つまり瑛斗が思い付いた「異世界人の特性」の生かし方とは、ハッタリ一つで奴隷商人たちを出し抜いてやろう。そういう魂胆である。

とにかく強気に。なにより居丈高に。奴隷商人《やつら》に重圧《プレッシャー》を与える演技を。そうして交渉を優位に進めて、その先は――

　はてさて、こんな俺が演技だなんて。とんでもないことを始めてしまったもんだと思いつつ、こうなったら前へ前へと押して出るしかない。

　続けて、自称「貴族の三男坊」である瑛斗の言うことは、こうだ。

　我が領地の拡大に伴い、荘園に人手が必要となっていたところ。奴隷を求めて南方国境へ向かう途中だったが、こんなところで商人に出会えるとは、俺は運がいい。

　そう説明すると、瑛斗の剣のハッタリも手伝って、彼らは前のめりに耳を傾け始めた。

「この娘、いくらだ？」

「きっ、金貨十枚！」

「フン、吹っ掛けたな？」

　片手半剣を、わざと風切り音が立つように「ヴンッ」と振るい、切っ先を奴隷商人たちへ向けた。

　瑛斗の放った剣風が、遠くで棒立ちになっていた彼らの前髪を揺らすと、奴隷商人たちはあまりの迫力に「ヒューッ」と喉で息をする。

「俺を怒らせるな」

　瑛斗が奴隷の相場など知るわけがない。だが始めの交渉は高めの設定金額を設けるもの。こういう輩の場合は、命よりも先に本能のまま吹っ掛けてくると相場が決まっている。

「き……金貨三枚……」

「いいだろう前金だ。とっておけ」

瑛斗は懐から金貨を出すと、指で弾いて大男へと寄越す。

これはチルダにもらった記念の金貨だ。初めての冒険。共に戦った証。本当はずっと使わずにとっておこうと思っていた。だがこれを今使わずしていつ使うのか。瑛斗は躊躇うことなく、自らの思い描く策のために利用した。

男は慌てて受け取ると、金貨をまじまじと眺めて確かめる。

「なるほど、こいつぁ失礼しやした」

本物のようだと分かると態度が一変した。それもそのはず。金貨一枚で一か月は暮らせるだけの価値がある。しかも金貨を投げて寄越す気前の良さなら、そうそう嘘ではあるまい。奴隷商人《かれら》はそう踏んだのだ。

「けども、これじゃあ足りゃしませんぜ」

「前金だと言っただろう?」

わざと片手半剣を一閃すると、瑛斗は些《いささ》か大仰な素振りで背中の鞘に収めた。剥き身の剣を収めたことで、奴隷商人たちは人心地付いたように「ほっ」と胸を撫で下ろす。

「見ての通り、朝の修練中でな。今は手持ちがない」

「や、は、道理で、おっしゃる通りで……」

「奴隷はまだ用意できるのだろう?」

他にも奴隷がいるのか探りを入れると、奴隷商人はこくこくと頷いて、

「もちろんでさぁ、御所望ならいくらでも用意できますぜ、旦那」

と、少々余裕が出てきたようで、気前のいい返事をし始めた。

「いかほどご入り用で……？」

「そうだな、まずは金貨百枚分」

「ひゃ、百枚?!」

驚く奴隷商人たちを見て「ちょっと多目に言い過ぎたかな？」と瑛斗は冷や汗をかく。

「そ、そうだ。できるか？」

「ははぁ、できます、できます！」

今はまだハッタリが効いているのか、奴隷商人の大男は二つ返事で頷いた。

ともかく「今はまだ」だ。奴隷商人《かれら》が冷静になった時はどうだろう。

「ならばこの小娘程度、手付には丁度良かろう？」

「へぇへぇ、宜しゅうございますぜ、旦那」

厄介払いもできることだ。金貨一枚とダークエルフの小娘との交換なら、まずは御の字と踏んだか。彼らの事前の態度からして、そう出ることは容易く予測できよう。

「では夕刻までに用意してみせよ」

「へぇ、分かりやした」

「分かったなら、名を名乗れ」

「あっしはガストンと申しまさぁ」

「俺の名は……エリアス」

わざわざ本名を教えてやる義理はない。瑛斗はわざと偽名を名乗った。

「ではこの奴隷、確かにもらい受けたぞ」

「へぇ。ところで旦那……」

元きた道を戻りかけた瑛斗は、声を掛けられ足を止める。

「やっぱりあのべっぴんさんは、旦那の艶《イロ》なんですかい？」

「い、艶?!」

そんなこと考えもしなかった。狼狽した瑛斗を見て、奴隷商人たちは下卑た顔でニヤニヤとし始めた。何故もっと毅然とした態度を見せられなかったかと、瑛斗は悔やんだ。

「……余計な詮索は無用」

瑛斗がギロリとひと睨みすると、奴隷商人たちは「えへへぇ」と愛想笑いを浮かべて、それ以上は追及してこなかった。

そうして少なくとも宿までは、ダークエルフを連れて帰ることになった。

「大丈夫、心配はないよ」

瑛斗が手を差し出すと、ダークエルフの少女は自ら手を繋いできた。少しは心を、開いてくれたのだろうか。

さて……アデリィにはなんて説明しよう。道すがら考えなくてはならない。

「まぁ、なんとかなるだろう」

瑛斗は気持ちを前向きに保つことにした。

◆

「アンタ……私が寝ている隙に何やってるのよ……」

早速、アデリィの不機嫌な顔と声に晒されることになった。

「しかもよりによってダークエルフだなんて」

ダークエルフとは、エルフ族の遠い祖先が、高度且つ強力な暗黒魔術と引き換えに悪魔と契約し、暗黒面へと堕ちた者たちの末裔とされる。そのためエルフ族の間で最も忌み嫌われている種族である。ハイエルフとは対極の存在であると言って過言ではない。

瑛斗はアーデライードの説教一つ一つに「うん、うん」と頷きながら、ダークエルフの少女の顔を濡れタオルで丁寧に拭いてやる。

「俺の名前は瑛斗。君の名前は？」

「ん……レイシャ」

「やっと話してくれたね。いい名前だな」

　相変わらずダークエルフの少女――レイシャの表情は変わらない。けれど彼女の名前を褒めた時に、少しだけ表情が和らいだ気がするのは、贔屓目《ひいきめ》だろうか。

「いったいどうする気なのよ」

　アーデライードの小言を聞きながら、瑛斗は自宅から持ってきたサバイバルナイフを腰のバッグから取り出すと、レイシャに「動かないでね」と告げ、彼女の首輪を断ち切った。

「これでよし、と」

「ねぇ、ちょっと聞いてる!?」

「聞いてるよ、アデリィ。実はね……」

　真面目な顔で立ち上がると、購入の約束をしてきたことを告げた。

　瑛斗が彼女の立場だったら、きっと同じことを言うだろう。

「はぁっ!?　アンタ何言ってんのよ!?」

「犬や猫を拾ってくるのとワケが違うのよ!?」

　アーデライードの言うことは至極尤もで、瑛斗は返す言葉がない。

「けど、放っておけなかったんだ」

　瑛斗はそう言うと、後は彼女の小言を黙って聞くしかなかった。頷くばかりの瑛斗に埒が明かなくなった頃のこと。アーデライードが焦れたように言った。

「この子、臭うわ」

鼻を押さえて顔を歪める。やや潔癖症のきらいがあるアーデライードは、汚れや臭いに少しうるさい。特に臭いには敏感だ。

「やっぱりタオルで拭いたくらいじゃダメか」

「この子、お風呂に入れなくちゃダメよ」

「アデリィ、レイシャを……」

「私、嫌よ」

そう言うと思った。仕方なくレイシャに尋ねる。

「お風呂、わかる？」

レイシャはこくりと頷いた。だが一人で入れるかを尋ねると小首を捻る。

宿場町には共同浴場があったが、人間ばかりの宿場町にダークエルフの少女が一人。しかもこれだけ薄汚い恰好では、入れてもらえるかどうかも怪しいところだろう。

瑛斗は頭を捻って考え、宿からたらいを借りてお湯をもらうことにした。

この宿にはちょうど裏庭に井戸端がある。生垣も高く人目に付きにくい。そこでなら行水も許されるだろう。

「レイシャ、歳はいくつ？」

首を傾げながら九本の指を立てて「まだ」と言った。恐らくは「まだ九歳だが、あとちょっとで十歳だ」ということだろう。

子供をお風呂に入れてやれるギリギリの年齢だな、と瑛斗は思った。従妹《いとこ》の女の子も確か、十歳くらいから父親とのお風呂を嫌がり始めたハズ。などと思い出して自分を納得させることにした。

アーデライードは相変わらず仏頂面でむくれている。彼女の助力はどうにも得られそうにない。

瑛斗は一人、淡々と行水の準備に取り掛かった。

裏庭に出てたらいを井戸端に設置すると、レイシャをひょいと抱えてその中へ入れる。

彼女の身体は細く、羽毛のように軽い。屈めばたらいの中へすっぽりと収まる程に。それはエルフ族の身体的特色ではあるが、こうも軽いと栄養状態が心配になる。

「服を脱ぎ終わったら、このタオルを身体に巻いて待っててね」

レイシャは素直にこくりと頷いた。それを見届けた瑛斗は、勝手場へお湯を取りに行く。

この季節、春の気候は麗らかで日差しは暖かい。外で行水させるのに適している気候で良かった。

木桶いっぱいに熱湯を張り、瑛斗が井戸端に戻ると、

「レイシャ、お待たせっ……うわわっ！」

言いつけ通りレイシャはタオルを巻いていた。

但しタオルを首にかけてマントのようにして。だから前が全開で、レイシャの全てが丸見えだった。

瑛斗は危なく木桶を取り落すところをぐっと堪えた。

「違う違う、そうじゃ、そうじゃないよ」

「エートのいいつけ、まもった」

「そうだけど、そうじゃないんだよ、レイシャ……」

そよそよと春風にたなびくタオルマントを外してやると、瑛斗は赤面しつつ身体に巻き直してやる。

「こうやるんだよ、わかる？」

レイシャはこくりと頷いた。口数は少ないが、これなら意思疎通は十分だ。

瑛斗は熱湯と水を混ぜながら程よい湯加減にしつつ、たらいへ注いでゆく。

「それ、なに？」

「これ？　石鹸っていうんだ」

瑛斗が手拭で泡立てているのをレイシャが気付いた。環境にいいものを選んで瑛斗が異世界へと持ち込んだものだ。異世界にも石鹸は存在するが、主に獣脂と木灰から作られたものなので、当然ながら性能はおろか、泡立ちも香りも非常に悪い。なのでアーデライードのリクエストにより、異世界へと持ち込んだ品物の一つだ。

但し異世界への影響を考慮して現実世界からの持ち込みは、最低限のものを選択している。他にはサバイバルナイフと衛生用品。それと医薬品といったところか。

例えば、チルダの腕に巻いてやった包帯なんかがそれである。

さておき、この石鹸はやはり物珍しいのだろう。レイシャは瑛斗が泡立てた泡を、目を離すことなく興味津々に眺め続けていた。

「これをこうして……こう」

瑛斗が泡立てたタオルに息を吹き込むと、一気に泡が膨らんでいくつかのシャボン玉が飛んだ。いつも冷たい無表情だったレイシャの顔にほんのり赤みが差して、「ふあっ」という小さな声が漏れた。

レイシャはシャボン玉が割れて消えるまで、ずっと目で追いかけていた。

「これで身体を洗うよ」

瑛斗は少し逡巡したが、折角レイシャの身体に巻いたタオルは外すしかなさそうだ。仕方なしにレイシャを生まれたままの姿にすると、まずは背中を流すことにした。

「んっ、ふ……」

「どうしたの?」

「くすぐったい」

「ああ、なんか、ごめん……」

なんだか凄く恥ずかしい。全裸にされているレイシャの方が、むしろ堂々としている気がする。恥ずかしいのは疚しい気持ちがあるからだ、と自らを律して意を決する。とにかくこの少女の全身をくまなく洗うこと。集中してこれに専念することとした。

「エート、ん、ふぁ……んっ……」

洗われ慣れていないせいか、無口なレイシャが時折くすぐったそうな声を上げて身をよじる。悪いことはしていないのに、純情な瑛斗はそれが堪らなく恥ずかしくなって、どうしても赤面せざるを得なかった。

――などという様子を、アーデライードは上階の窓からこっそりと見ていた。

「もうエイトったら！　あんなちびエルフといちゃいちゃして、なに赤くなってるのよ！」

そう思うとなんだか悔しくなっていて……いつの間にか歯ぎしりをしている自分に、ハッと気付いて少しヘコむ。見なきゃいいのに。しかも拒否したのは自分なのに。私は何やってるんだろうな……そう思えば思うほど、彼女の長い耳はゆるゆると垂れてゆく。

窓に背を向けると、アーデライードはずるずると座り込んだ。

困った人を見るとすぐに助けたくなる。それが瑛斗の魅力。

それは十分に分かってるつもりだ。

けれども。それでも。

彼の主張を、決意を、しっかりと確かめずに受け入れるわけにはいかない。ただ徒《いたずら》に人助けをするだけでは、きっと自らをすり減らす結果になり兼ねない。

それが今後、彼が冒険者としてやっていくための試金石になるはずだ。

ゴトーもきっとそうしただろう。

アーデライードは心を鬼にして、瑛斗に真意を問い質すことに決めた。

◆

「もう一度聞くけどね、エイト」

レイシャの行水を済ませた瑛斗に、アーデライードは問い質した。

彼女《レイシャ》はだいぶ疲れていたのだろう。今は瑛斗のベッドの上で、安らかな寝息を立てていた。ボロボロだった服は廃棄して、今は瑛斗のTシャツを着せてある。

アーデライードは腕と足を組んで座り、瑛斗にも椅子に座るよう勧めた。じっくりと話を聞く気構えであることが、彼女からよく伝わってくる。

「あなたはそうやって誰も彼も助けて回るつもり？」

チルダに旅立ちのアドバイスを求めた時にも、アーデライードが瑛斗に投げかけた言葉である。

だがそれは、瑛斗も十分に承知していた。

「アデリィの言うことは、尤もだと思う」

瑛斗も肯定するしかない。王国内での奴隷制度は廃止され公には禁止されているとはいえ、未だに奴隷として裏取引されている数の多さは尋常ではないだろう。

今の世で全ての奴隷を解放するなど夢物語に等しい。だから「誰も彼も助けて回る」などという台詞を、瑛斗は言葉にする気になれない。

そして瑛斗自身にも降りかかる、異世界で子供一人を引き取るその難しさ。ましてや、まだ少年の年齢である瑛斗に、その責任を背負うことができるのかどうか——考えれば考えるほど、気持ちが重くなることばかりである。しかしあの時はそうすることが正しいと思ったのだ。

だがそれは何故か。自分のずっと内側、拠りどころとする核心に触れる部分にある。ずっと、遠い過去にまで遡って、深く、より深く、瑛斗は考える。

そうして瑛斗は一つの言葉を導き出すと、一言一句、噛み締めるように吐き出した。

「勇者の理念……」

瑛斗はそう呟いて、腰かけた椅子に深く寄りかかり上を見る。そして目を瞑る。深く吸い込んだ息を慎重に吐き出すと、嘗て爺ちゃんが言っていた言葉を口にした。

「悪の小なるを以って之を為すことなかれ」

思いも寄らぬ言葉に、アーデライードはゾクッと武者震いした。

瑛斗は続けて言う。

「善の小なるを以って為さざることなかれ」

瑛斗の声と、アーデライードの声が、ぴたりと合わさった。

三国志《さんごくし》好きの爺ちゃんが教えてくれた言葉。これは三国蜀志《しょくし》の中にある、蜀漢《しょくかん》の初代皇帝・劉備《りゅうび》の言葉だという。意味は、たとえほんのわずかな悪事だとしても、それは行ってはならない。たとえほんのわずかな善行だとしても、行われなくてはならない。

瑛斗は、そう言って目を瞑ったまま動かない。暫くの間をじっくりと置いて、ゆっくりと口を開いた。

「あの時の俺にとって、レイシャを捨て置くことは悪事で、レイシャを救うことは善行だったんだ。どうしてもあの状況は……あの状況だけは見過ごせなかった」

アーデライードが目にしていない瑛斗の状況判断。それなのに彼女は、この少年の言葉がするりと身の内に入り込むような、不思議な感覚に囚われていた。

「これは俺の自己満足に過ぎないかも知れない」

瑛斗は反芻《はんすう》する。若気の至り。己の未熟さ。色々なものを噛み締める。

「けど、爺ちゃんの勇者の理念に反する。そう思ったんだ」

アーデライードの脳裏には、瞬時にあの頃の思い出が鮮明に蘇っていた。

あの人から聞いたことがある。戦時中の戦地に於いて、余りの貧しさから泣く泣く自らの子供を売りに出す者を見たという。あの人は異世界でも同様に、奴隷を見ては涙を流して「できることならば助けてやりたかった」と言っていたものだった。

なんということだろう。なんという懐かしさだろう。幾歳月と数えて今、よもやあの人の思想に、再び触れる機会があるなんて。瑛斗の思想は、あの人と瓜二つ。もう二度と触れることができないと諦めていた、あの人の言の葉《コトノハ》。

思い出すアーデライードは、震えるあまりに思わず腰から砕けそうになっていた。

「いいわ……その言葉を聞いて、引き下がるわけにはいかない」

もう十分だ。いや、十分過ぎた。瑛斗の真意は十二分に確かめた。

「分かったわエイト。ちょっとだけ付き合ってあげる」

久々にアーデライードの心に、煌々と燃ゆる炎が宿っていた。

◆

ここは宿場町を出て、街道沿いを少し離れた高台の頂上。

瑛斗一行は遅い朝食《ブランチ》を済ませて手早く荷物をまとめると、作戦会議をするために「レイシャと出会った森」を一望できる場所へときていた。

行うべき探索《クエスト》はただ一つ。件の奴隷商人らに囚われている奴隷たちを、全員解放することだ。

そのためには地形の把握と、奴隷たちの居場所を確認する必要があった。

「あれ、レイシャのけやき」

「ふぅん、あのちょっと成長の悪い欅に縛られてたのね？」

「みんないる、あのかえで」

「あの少し森の切れ目がある楓のところに、他の奴隷たちはいるのね？」

レイシャはこくりと頷いた。

瑛斗にはさっぱり理解できないが、一目見てすぐに理解し合えるのは、さすが森の民のエルフ族というべきか。アーデライードは「マッピングは久しぶりね」などと言いつつ、レイシャの説明を次々に自作の地図へと落とし込んでゆく。

「エイトったら、あんな朝早くに、あんな遠いところまで行ったの？」

「うーん、そういうことになるのかな」

森の奥から聞こえてきた幼女の歌声に誘われてあそこまで行ったんだ、とはなかなか言い出しにくい。説明を求められると返答に窮してしまうところであったが、アーデライードは特に追求することなく、少し呆れ顔になっただけで済んだ。

今、この高台で敵情視察をするキッカケとなったのは、レイシャだった。食事中に「さてどうするか」と話し合っていた際に「レイシャ、あんないする」とレイシャ自らが言い出したのだ。

そうなるとレイシャを連れて歩くことになるが、かと言って宿に一人置いて行くわけにもいかない。だから「レイシャが安全な作戦を立てて動こう」ということになった。

レイシャは無口だが、頭のいい子だった。自分が連れ去られていった道のりや、奴隷たち共々閉じ込められていた小屋の位置を、明確に覚えているのみならず。奴隷たちの人数、馬車の数、奴隷商人の数、奴隷たちを取り纏める中心となりそうな者までをも記憶していたのだ。

古今東西、作戦の実行に最も重要なもの。それは詳細な情報だ。レイシャからもたらされた情報は、何よりも心強い手助けとなるだろう。

高台にて綿密な打ち合わせをしている最中に、アーデライードが「ふふっ」と笑った。

「どうしたの？」

「いやね、大したことじゃないのだけれど」

と前置きしつつも、湧き出してくる笑いを堪えられないようだ。

「最初はね、十日もしない内に二回も面倒事に巻き込まれるなんて、って思ったわけ」

「うん、ごめん。アデリィ」

「でも思い出したわ……」

何処か懐かしそうな、ほんのりと嬉しそうな、そんな顔をした。

「私がゴトーと旅をしていた時も、全くおんなじだったじゃないって！」

アーデライードは今朝までの不機嫌な顔から一転して、晴れ晴れとした笑顔を見せた。

自分の不用意な行動を、心に刺さった棘のように感じていた瑛斗としては、彼女の朝顔のような笑顔はとてもありがたい。

「さぁて、ちゃっちゃと準備を始めちゃいますか！」

アーデライードはそう言うと意識を集中して、精霊語魔法《サイレントスピリット》を唱え始めた。

「ウィンドボイス」

風の精霊を操り、遠くの音や声を聞く他に、遠く離れた者へと声を届ける魔法である。アーデライードの魔力と集中力は素晴らしく、簡単な会話までも可能だ。

「ん……いいわよ、エイト」

「聞こえるか？」

瑛斗は尋ねた。アーデライードの風が運ぶ先の、見知らぬ者へ。

「……誰だ？」

短く答えた声の主は男。音質そのものは「糸電話のようだな」と思った。だがそれでも男の声は太く低く、強そうな意志の持ち主と感じさせた。

瑛斗は打ち合わせ通りそのままに、風の運ぶ先の者へ問いかける。

「俺は汝に問う。永久の束縛を望む者か。それとも自由を求む者か」

精霊を介する会話は距離による時差がある。瑛斗はじっと返答を待つ。

「無論、自由」

思いの外、早い。これは即答だったということだろう。

瑛斗は今から未来にかけて起こすべきことを、男に説明した。

こうして瑛斗たちの作戦は、開始された。

◆

「で？」

アーデライードの質問は、相変わらず「で？」から始まる。

この問いに関しては、放っておけば自分から内容を切り出す。瑛斗が暫く待っていると、案の定アーデライードは質問を続けた。

「詳しい経緯までは聞いてないんだけど？」

裏山の稜線を歩きながら、ざっくりとした経緯を説明する。

森の中にて朝の習練中に、レイシャと出会ったこと。

レイシャを攫った昨夜の奴隷商人が現れ、彼らに交渉を持ちかけたこと。

その際に、武門貴族の三男坊・エリアスという偽名を名乗ったこと。

「そんな偽名、よく咄嗟に出てきたわね」

「俺の本名を奴らなんかに知られたくなかったからさ」

「いや、そうじゃなくって、『エリアス』だなんて名前の方よ」

「そういえばそうだね」

アーデライードは「それをあなたが言う？」という顔でこちらを見ている。

だが、彼女がそう思うのも無理はない。何故この名前がするりと出てきたのか、誰の名前だったのか。瑛斗はまるで覚えていなかったのだから。

これに関してただ一つだけ瑛斗が覚えているのは、

「男性だったらエリアス、女性だったらエリノア……」

そんな話をどこかで耳にしたことがあったことだ。だからエリアスは、男性名で間違いないだろう、と自信を持っていた。

まだ幼かった頃だろうか。恐らくは爺ちゃんの昔話で聞いたのだと思う。こんな話をするのは、爺ちゃん以外に心当たりがない。しかし随分と遠い昔の記憶なので、その辺りの詳細までは曖昧で覚えていなかった。

「うーん、なんだったっけなぁ……」

「ま、思い出したらでいいわよ、エリアス」

早速、アーデライードに茶化された。油断も隙もないハイエルフである。一方のダークエルフはと言えば、二人の後を何も言わずにちょこちょこと付いてくる。

「レイシャ、疲れてない？」

瑛斗はレイシャを気遣った。なにせ瑛斗やアーデライードとは、彼女《レイシャ》と比べて身長差が大きい。

当然、歩幅も大分違うため、瑛斗の二歩がレイシャの三歩というところだ。

しかしレイシャは健気にぶんぶんと首を横に振る。仮眠をとったとはいえ、一晩中戸外の木の幹に繋がれていたのだ。疲れていないはずはないのだが……。

此処から先は決して安全な場所とは言えない。危険が伴う可能性がある場所へ、レイシャを連れて行くことになる。できれば万全の態勢で臨みたい。

大前提として「レイシャが安全な作戦を立てて動こう」と決めたものの、何処が一番安全か。そう問われれば、やはりアーデライードと共に行動させることだ。

彼女は腐っても六英雄――とは口に出して言えないが、世界屈指の『高位精霊使い《シャーマンロード》』であることは間違いないのだ。

「もう一つ、万が一の保険をかけておきましょうか」

とアーデライードはそう言うと、腰に着けたポシェットの中身を手探って一本のベルトのようなものを取り出した。黒と銀を基調とした装飾といい、見るからに高価な魔法の宝物《マジックアイテム》のようである。

「これあげるわ。私いらないし」

このベルトのような装飾品は、名を『黒き精霊の腕輪』という。曰くアーデライードが知り得る限り、最悪の精霊が召喚される物品《アイテム》だ、とのことだった。

「危険じゃないのか？」

「もちろんよ。装着者を護るための道具なんだから」

アーデライードは「もしかしたらだけど」と前置きをした上で「レイシャとは相性がいいかも知れない」と付け加えた。

瑛斗が「いいかい？」と問うと、レイシャは素直にこくりと頷く。「それでは」と試しに腕へ着けようとするも、レイシャの腕が細過ぎてスルリと抜け落ちてしまった。

「あら……やっぱりそうよね。だって私もブカブカだもの」

そういうことは、早く言って欲しい。

レイシャは黙って抜け落ちた腕輪を拾い上げた。その腕輪を掌に乗せてじっと何かを考えるようにしていたが、おもむろに輪を広げると首にパチンと巻き付けてしまった。

「……ぴったり」

確かにレイシャの言う通り、ぴったりだけど首輪というのは如何なものか。現実世界ならば、アクセサリーとして悪くなさそうではあるのだけれど。

折角、奴隷の首輪を外したばかりなのに、それがまた逆戻りになったようで、瑛斗としては複雑な心境である。そんな瑛斗を尻目にして、レイシャはすっかり気に入ったようで「これでいい」と言う。彼女の無表情な顔はあまり変わらないが、何処か少し嬉しそうにも見えなくもない。

「ううん、本人がよしとするなら、まぁ、よしとしようか」

二人のやり取りにまるで興味がなかったのか、きょろきょろと周囲を見渡していたアーデライードが、とある崖の突端を指差した。

「あの突き出たところが良いわね。あそこなら存分に腕を揮《ふる》えそう」

と、舌舐めずりでもしそうな程、愉しげに微笑んだ。どうやら久しぶりにやる気満々に張り切っているようだが、瑛斗は相手の無事を祈らずにいられない。

さて、これで準備は整った。あとは夕刻を待つのみである。

◆

夕刻――件の森の中。

早朝の朝霧に包まれた静けさと違い、黄昏に浮き沈みする暗がりが所々に点在する夕闇の森には、朝とは別の意味で気味の悪さが存在する。

そんな森の奥深くへと瑛斗は一人、足を踏み入れていた。レイシャを拘束していた欅の木はとうに過ぎた。その更に奥、闇の色濃い森の中。そこで瑛斗は大声を上げた。

「おい！　奴隷商人ども、いるのだろう？　出てこい！」

木の陰から、一人……二人……朝に出会った例の奴隷商人の男たちが、徐々に姿を現し始める。最後の一人、あの大男・ガストンが姿を見せると、男たちは足を止めた。

「旦那ぁ。本当に金貨百枚、持ってきたんでしょうなぁ？」

「当然だ」

「どうもそいつを拝ませてもらえませんかねぇ？」

「まずは奴隷を見せてもらおう。気に入った者がいなければ交渉はできん」

ガストンは舌打ちをすると、顎でなにやら指示を出した。すると木の陰から奴隷商人の男たちがバラバラと現れ、瑛斗の周りを取り囲み始めた。

瑛斗はすぐさま目視で数を確認する。その数、十二名。数で押せば、瑛斗の片手半剣を抑えられると踏んだか。

「そう簡単にアジトへご案内するわけにゃぃかんのですよ、旦那ァ！」

ガストンが指を鳴らすと、ナイフを手に手に奴隷商人たちの表情が豹変する。

「アンタ、一人できたなァ？　貴族のボンボンが部下もつけずにこんなところへ一人できちゃいけませんぜ。なァ？　ありえねェ話だ……なァ？」

瑛斗の正体を、さも見破っているぞと言わんばかりの態度である。周囲の奴隷商人の部下たちは、親方《ガストン》の言いように「おうよ、おうよ」とニヤつきながら頷いている。

「ウソはダメだ、ウソはいけねぇよ……エリアスさんよぉ……」

多勢を味方に余裕が出たのか。ガストンはおもむろに懐から出した金貨を、くるくると転がして弄び始めた。瑛斗の渡した金貨だろうか。

「これっぽっちのカネで俺らを騙そうったって、そうはいかねぇ！」

厳つい掌で上手に踊る金貨を見て、器用なもんだと感心する。だが瑛斗としてもその方がありがたい。何しろ金貨を取り戻すチャンスができたのだから。

「さてはてめぇ、王国の回し者かギルドの冒険者か……俺らの仕事を知られた以上、生かして帰すわけにはいかねぇ！」

ガストンの恫喝《どうかつ》を合図に、奴隷商人らは次々に脅しの言葉を吐いた。

「身包《みぐる》み全部、置いていきやがれ！」

「生かしておいてやらねぇことはねぇぜぇ？」

「ただし奴隷としてなぁ！」

下衆な笑みを浮かべつつ、瑛斗を取り囲み間合いを詰めてゆく。

「そうくると思っていた」

瑛斗は奴隷商人《ヤツ》らの脅しを浴びようとも、至極当然のように受け止め落ち着いていた。この状況、まさしく想定通り。慌てる必要など微塵もない。

なにしろ当の瑛斗は、自分の演技力など端《はな》っから信用していない。

顔を伏せ、男たちの間合いとタイミングだけに気を配り、極限まで集中する。

再び顔を上げた時、挑戦的な瞳に猛々しい炎を宿して、瑛斗は呟く。

「これで俺も心置きなく、騙し討ちできる」

「おう、てめぇら！　やっちまえッ!!」

ガストンが親指で金貨を「キンッ」と音を立て上へ弾き出した、その時である。

地鳴りを轟かせ、大地を突き上げる激しい大地震が巻き起こった。それは事前に打合わせた通りの精確さであった。

「うわわぁ！」

悪漢どもが、悲鳴を上げる。

大地の上位精霊を使役して、大地を揺り動かす高位精霊魔法・アースシェイカー。半径五十メートル程度の極少局地的大地震。

瑛斗は行動を起こすその前に、ちらりと昼に確認した崖の方向を仰ぎ見た。

夜風を避ける旅装のマントを翻し、崖の上に浮かび上がるは孤高の鷹の如きシルエット。宵の明星を背にして立つ影は、誉れ高きハイエルフ・アーデライドである。

「うおっ、うおおぅ？」

大揺れに揺れる大地の上で、ガストンは自ら指で弾いた金貨を取り落とし、尻餅をついた。

瑛斗は大男の掌より零れ落ちた金貨から、一瞬たりとも目を離さない。揺れる大地をものともせずに、猛然と滑り込んで《スライディング》金貨を掠め取る。

そうしてすっくと立ち上がり、落ち葉と泥を払って傲然と言い放つ。

「そうか。要らないのなら返してもらうぞ」

金貨を指で弾いて空中キャッチすると、踵を返して疾風のように走り去った。ガストンがやって見せたように、瑛斗も同じことを見せつけてやったのだ。

あっという間の出来事に、言われ放題やられ放題の大男《ガストン》は、色を失い声すら出ない。そんな彼の部下どもといえば、微塵の余裕も失って唯々《ただただ》慌てふためき、悲鳴を上げてへっぴり腰で逃げ惑うばかりである。

その様子を振り返ることなく、瑛斗は森の中を風のように駆けに駆ける。

走る瑛斗の前方に、光の精霊「ウィル・オ・ウィスプ」が出現した。アーデライドの道案内である。光の玉を追うように、瑛斗は森の中を一気に駆け抜けてゆく。

程なくすると、森の奥から大地を再び揺るがすような唸り声が聞こえてきた。

「ウオーッ、オーッ、オオオオオオオーッ！」

今まさに瑛斗が向かう、その先からの雄叫びである。

程なく大きな厩《うまや》のような二棟建ての宿舎が見え始めた。雄叫びはその中から聞こえてくる。レイシャの言っていた通り、宿舎の横には一本の大きな楓が立っていた。

瑛斗は素早く手前の宿舎へ背を付けて中の様子を窺うと、三人の男がカードゲームを楽しんでいるようだ。レイシャの情報によると奴隷商人の数は十五人。これで全てだ。

「ちくしょう！　奴隷どもがまた騒いでやがる……」

「うるせぇなぁ。昼間ッから続けて何回目だってんだ」

「森ン中、誰もきやしねぇってぇのによ。バカな連中め！」

この騒ぎはウィンドボイスにより、囚われの人々に指示をした作戦通りである。

『これより何度か雄叫びを上げて騒ぎを起こせ』

『夕刻、ゆらゆらと揺れる光が見えた時、それが最後の合図だ』

ゆらゆらと揺れる光とは、アーデライードが放った「ウィル・オ・ウィスプ」のことである。道案内と共に、瑛斗の来訪を知らせるためでもあった。

奴隷たちの雄叫びにすっかり慣れ切ってしまった見張りたちは、油断しきって見向きもしない。

むしろ耳を塞いでカードゲームに熱中しようとしているようだ。

瑛斗は雄叫びの騒音に乗じて、こっそりと出入り口の柱にかかった鍵束を盗み出す。それを持ってもう一方の宿舎へと駆け込むと、中は鉄の柵が並ぶ牢屋となっていた。

「この中の統率者《リーダー》は誰だ！」

瑛斗は雄叫びの声に負けぬ声を張り問うと、牢の中から太い腕が突き出した。

「オレだ！　その声、昼間の男だな！」

低く力強く、意志の強そうな声。間違いなくウィンドボイスにより会話をした男の声だった。彼こそがレイシャの言う、奴隷たちを取りまとめる中心となりそうな者である。

「受け取れ！　皆を解放しろ！」

瑛斗がその男へ向かい鍵束を投げると、瑛斗は身の丈ほどある愛用の片手半剣を抜き放つ。そうして出入り口を護るように固めていると、程なくそこここの牢が解放され始めた。

「待たせた、オレも、闘う」

そう言って瑛斗の隣へ歩み出たのは、先程牢から腕を突き出した大男。身の丈は二メートル近い偉丈夫である。筋骨隆々、堂々たる体格の彼の身体には、そこかしこに酷い暴行の跡が見受けられた。恐らく相応の激痛に見舞われているに違いない。だが彼はそんな素振りなど微塵も見せぬ。背を伸ばし胸を張って瑛斗の隣に並ぶ。

二人は一切視線を交わさず、目の前の状況に集中する。今ここで奴隷商人たちに襲われれば、むざむざ囚われの者たちを殺されることになりかねないからだ。

「オレ、南方連合サプ族の百人隊長。敵の罠に嵌《はま》り、囚われていた」

「俺の名前は瑛斗」

「エイト……オレは、クォック・ヴァン・サプ」

サプと名乗った大男とそう会話を交わした直後だ。

森の奥から巨体を揺らして走るガストンら、置き去りにした奴隷商人たちの姿が見えた。瑛斗の後を追ってきたのだろう。

「見張りの大馬鹿野郎ども、何してやがる!! 奴隷どもが逃げるぞ!!」

雄叫びにも負けぬ怒鳴り声でガストンが叫ぶと、見張り三人が姿を現した。

「何だ、クソッ! いつの間に……この泥棒野郎!」

奴隷商人に泥棒扱いされるとは、瑛斗としては甚だ心外である。

「チクショウ、てめぇが奴隷たちを……うわぁぁっ!!」

見張りの男たちがナイフを抜こうとした直前に、飛び出してきた数人の奴隷たちに襲い掛かられて転倒する。皆が自由を求めて決死の反抗を開始したのだ。

瑛斗の隣に仁王立ちしていたサプが、腹の底から響くような声で指示を下す。

「動ける者は武器を持って闘え！ 自由はすぐ目の前にある!!」

「オオオオオオーッ!!」

さすが百人隊長といったところか。囚われていた者たちの士気が一瞬にして上がった。

「エイト、馬車の中も囚われた者、いる。オレ、アイツをやる！」

サプはそう言い残して飛び出すと、雄叫びを上げて突進しガストンへ組み付いた。

「うぉっ、なんだてめぇ！　くそっ！」

巨漢同士の激突に、肉と肉が激しくぶつかり合う音が響く。二人は揉み合いながら、木々茂る緩やかな斜面を転がり落ちていった。サプのことが心配ではあるが、瑛斗は瑛斗で託されたことを済まさねばならない。

見張りたちがいた宿舎の裏手へ回り込むと、四頭立ての大型馬車が二台。売られてゆく寸前だったのだろうか。幌を捲ると少年少女たち数人がその中に乗せられていた。

「奥の方へ下がっていろ！」

瑛斗はそう叫ぶと、牢の錠を目掛けて片手半剣を激しく撃ち下ろす。

甲高い金属音と火花を上げて、数度目かの打撃で錠は拉《ひしゃ》げて落ちた。

「逃げろ！　宿舎内の大人たちへ続け！」

そうして二台の馬車の中から、子供たちは無事に逃がした。

次にすべきはサプの加勢だ。瑛斗は二人が揉み合って落ちていった斜面へ向け、森の中を猛スピードで駆け出した。

数十歩踏み込んだ時のことだ。いきなり足元の落ち葉が音を立てて舞い上がる。

「……しまった！」

そう思った時はもう遅い。瑛斗は荒縄《ロープ》に足元を掬われて、背の高い樹木の枝先へと宙吊りにされてしまった。括り罠である。

「しめた！　かかったぞ！」

「おい、槍か弓を持ってこい‼」

何度か片手半剣を打ちつけてみるも、ゆらゆらと揺れるばかりで断ち切れる様子はない。そもそも打撃武器の西洋剣に、荒縄を断ち切るような鋭利さはなかった。

その様子を崖上から逐一窺っていた者がいる。アーデライードである。

「チッ、よくもエイトを……やってくれるじゃない！」

焦る気持ちを抑えつつ、冷静に精霊語魔法を詠唱し始めた。

普段、アーデライードは瑛斗の冒険を見守る立場として、自らの魔法による援助を必要最小限に留めている。しかし今宵は多勢に無勢。少々多めに介入させてもらおうか。

「風よ斬り裂け……」

アーデライードが唱えたるは風の精霊語魔法・ウィンドカッター。風の精霊を使役して、鋭い鎌《カマ》鼬《イタチ》を生み出すと、狙った対象を切り刻むことができる魔法である。

これで瑛斗を拘束する罠の荒縄を切断することができるだろう。

だが突然起きた予想外の出来事に、アーデライードの詠唱と集中力は途中で途切れた。

「え、ちょ、と……レ、レイシャ!?」

アーデライードが呪文を唱え終わる前に、レイシャが崖下へと身を躍らせたのだ。

百戦錬磨のアーデライードも、これには驚きを隠せない。何しろ先程までじっと大人しくして言葉一つ発さず、身動き一つしなかったレイシャ。それが急斜面の土崖を、あれよあれよという間に駆け下り始めたのだから。

人里離れた険峻《けんしゅん》な山岳の森に集落を持つ部族の出身だったのだろうか。華奢な身体のどこにこんなバネが隠されているのかと思われるほど。足場の少ない崖を自由に跳ね回り、軽快な身のこなしで駆け下りる姿は、まるで小鹿のようだ。

あっという間に大地へと降り立ったレイシャは、森の中を風のように駆け抜けながら、何やら呟き始めた。

「あれはまさか……古代語魔法《ハイエンシェント》ォッ!?」

アーデライードが驚くのは無理もない。まだ十歳に満たない幼女から朗々と紡ぎ出されるは、魔術師《ソーサラー》の古代語魔法。しかもアーデライードが知り得る限り、この呪文は中級魔法。才能のない魔術師では、一生かかっても習得できない者もいるレベルの魔法である。

レイシャの小さな体から沸々と湧き出した魔力の気《オド》。これが魔法の源だ。

その膨大な魔力の気が、レイシャの伸ばした小さな掌に集まり始める。やがて呪文詠唱の終了と共に魔力が一気に収縮すると、見る間に爆炎渦巻く火球となった。

「ふぁいあ・ぼーる」

「うっ、嘘でしょ？　しかも魔法杖《ワンド》なしだなんて無茶よ!!」

アーデライードの悪い予感は的中した。

魔法の強力さに比してコントロールが定まっていない。魔法は通常、魔法杖で魔力の気を操作しながら練り上げるものだ。

巨大な火球《ファイアボール》が瑛斗に迫る。このままでは瑛斗ごと焼きつくしてしまうだろう。

「んっ……！」

魔力を抑え込もうとレイシャが必死に操作すると、寸でのところで上方へ逸《そ》れた。直撃は免れたものの、瑛斗の直上で火球が炸裂する。それでも威力は尋常ではない。

ドッ……ドドォン……ッ！

轟音と爆炎を伴って、天を焦がさんばかりの火柱が上がった。

瑛斗を拘束する罠の仕掛けられた樹木が、一本丸ごと炎を上げて激しく燃え上がる。

「……んっ、これは？」

瑛斗が気付くと、いつの間にか周囲を大きな水球がすっぽりと包んでいた。不思議なことに、呼吸ができるどころか水に濡れることすらない。

「ウォーター・リフレクション」

アーデライードの水の精霊語魔法である。火の攻撃による耐久《レジスト》を上げ、対象を損傷《ダメージ》から高い効果で守る。

「ふ、は……間に合った……」

崖の上のアーデライードは、へなへなと力なく腰を突く。

瑛斗を包まんとしていた炎と高熱は、アーデライードの作り出した水球に反射して、跳ね返されてゆく。その一方で瑛斗を拘束していた荒縄が炎に炙られ焼き切れた。

落下の衝撃に備えて首を内側へ入れ、受け身が取れるよう体勢を整えたが、上手く足から落ちることができた。着地してすぐさま足の荒縄を解くと、レイシャの元へと走る。

「レイシャ！」

瑛斗が声を掛けても、レイシャからの返事はなかった。

きっと必死の行動だったのだろう。額に大粒の汗を浮かばせて、肩で荒い息をする。

華奢な身体は小刻みに震え、固まってしまったように動かない。視線が定まらないまま見開いた両目には、今にも零れ落ちそうなほどに涙が溜まっていた。

駆け寄った瑛斗は、レイシャの正面に膝を立てて座る。そして優しく肩をさすると、小さな魔法使《ソーサラー》いはようやく声を発した。

「エート……しんじゃ、やだ……」

「大丈夫、俺は死なないよ」

瑛斗は少し煤けた顔で笑いかけて、レイシャへと向けた。

するとレイシャはヨロヨロと力なく手を伸ばし、瑛斗に抱き着いてきた。そっと迎え入れて、慈しむように頭を撫でてやる。

「ありがとうレイシャ。後でアデリィにもお礼を言おうな」

瑛斗がそう声を掛けると、震える身体を抑えるようにレイシャはこくりと頷いた。

煌々と赤く燃える炎の中、抱き合う二人のシルエットが浮かび上がっていた。

そうしている間に、決着は着いたようだ。

突如、轟々と音を立てて噴き上がった猛焔《もうえん》を見て、奴隷商人たちの戦意は消失した。この短時間に、大地震に続いて大火事まで目にしては、精神的に持たぬのだろう。

恐怖に駆られた奴隷商人たちは、砂の城が瓦解するようにばらばらと逃げ出してゆく。

「バッ、バカヤロウ、俺を置いていくんじゃねぇ……うひぇあぁ……」

情けない声を上げ、大きな背中を丸めて逃げてゆく男はガストンだった。顔がボコボコに腫れ上がっている様子を見るに、サプにこっ酷くやられたものと見える。

瑛斗は必死にしがみ付いて離さないレイシャを抱きかかえると、牢のある宿舎へと向かう。そこではサプを始めとした囚われの人々が、瑛斗の帰還を待っていた。

◆

解放の勝利に喜びを分かち合う、元奴隷たちの歓喜の輪が瑛斗を出迎えた。

翌早朝、街道上交易の交差点《クロスロード》に瑛斗らはいた。

瑛斗たちはここから東の終着地へ。サブたちは南の国境を目指すことになる。

昨日夕刻。戦いが終わり、奴隷解放後のこと。

奴隷商人たちの宿舎を探ると、幾ばくかの硬貨が見つかった。これらは売上金か上納金か。囚われていた者全員で平等に分配すると、それぞれが国元へと帰る路銀として充足し得る額であった。丸ごと残されていた大型の馬車二台も、きっと帰国のいい足となろう。これらは十分な戦利品と言えた。

他にも売買先の帳簿《リスト》らしき手帳が出てきたが、どうやら暗号化されているようである。

「面白そうね、これは私が頂くわ」

そう言うとアーデライードがさっさと持ち出してしまった。活字中毒の彼女のことだ。きっとクロスワードパズルでも解くようなつもりで、解読してしまう気だろう。

今回解放した南方民族は二十数名。集団で目立ぬように、四人から六人の小隊《パーティ》に分かれて、帰郷を目指すことになった。そうして三三五五の解散となったが、サプら十数名の者たちだけが残って、瑛斗らと今ここにいる。

彼らはサブを中心とした部隊の、生き残った兵士たちだった。

「オレ、恩を忘れない。決して」

サプが非常に真摯な態度で瑛斗に言った。

「いや、俺はなにもしていない。キッカケでしかないんだ」

事実、今回の騒乱の中、瑛斗が戦いで剣を振るうことはなかった。囚われた人々の自由への意志が、この結果を招いたに過ぎない。瑛斗はそう考えている。

「だがエイトの行動がオレたち……助けた。間違いない」

サプはもどかしそうに「上手く言えん」と呟いた。

「オレ、まだ共通語《コモン》下手だ。すまない」

「かまわないよ。気持ちは十分に伝わっているから」

瑛斗はそう言って微笑みながら答えた。

「エイトは恩人だ。何かあれば、オレたち必ず駆けつける」

サプとその仲間たちが、瑛斗と同じくらいの笑みを返した。

もう一つ、サプたちはある約束を交わしてくれた。それは旅の途中でレイシャを心当たりのあるダークエルフの集落へ連れていくことだ。

一般的に「北のエルフ、南のダークエルフ」と呼ばれているらしい。南方の地には比較的ダークエルフの住まう森が多いためだ。諸説あるが、北方の聖なる森《グラスベル》を追放されて辿り着いた地が、南方だったためだとも言われている。

レイシャと別れることはとても寂しいことだった。だが彼女は同じ仲間の環境下で育つべきじゃないか。それが一晩かけてアーデライードと話し合った結果である。

当のレイシャはといえば、会話の輪から外れ一人俯いて立っていた。

「さよならはいいの？　エイト」

アーデライードが珍しく瑛斗を気遣った。

いや、正確にはずっと瑛斗を気遣い続けているのだが、彼女が言葉にするのは非常に珍しい。なかなか素直になれないお年頃のハイエルフなのだ。

「さよならは言わない。永遠の別れじゃないからね」

瑛斗の言葉にサプは感銘を受けたようだ。「なるほど」と呟くと力強くこう言った。

「ではエイト、また会おう。約束だ」

「うん、きっとまた会おう！」

サプとガッチリと握手をした。彼の手は大きくガッチリとして、頼もしい手だった。

そうしてサプはレイシャを連れて、南の地へと散っていった。

◆

「……なーんか臭うわね」

交易の交差点を東へ歩き始めて小一時間。

アーデライードが街道沿いの森の中を眺めながらそう呟く。かと思えば突如早歩きに切り替えた。何か考えがあってのことか。瑛斗も遅れぬよう早足で彼女を追いかけた。

そうして暫くすると、指をタクトのように揮った。きっと何らかの精霊語魔法を使ったのだろう。すると、森の中からころころりんと転げて何かが飛び出した。

「アリャリャッ、レイシャ⁉」

ダークエルフの少女・レイシャだった。ついてきてしまったのだろうか。

「どうしたのさ、レイシャ。サプたちは？」

黙ってこちらへきてしまっては、剛直なサプのことだ。責任を感じてレイシャを探し回っていることだろう。

「へーき。ちゃんとゆった」

よくよくレイシャから聞き出すに「エートのとこ、いく」とだけ言い残し、突然森の中へ飛び込んだらしい。森の中でエルフ族を探し出すのは、至難の業である。サプたちが探すのを諦めていてくれればいいのだが、と祈らずにいられない。

「でもね、レイシャ。この先の旅はもうちょっとあるんだよ？」

「レイシャ、なにもたべない。がまん」

「いや、そんなことしなくていいけどさ……」

「おしっこも、がまん？」

「だから我慢しなくていいってば……」

そこで瑛斗はふと気が付いた。いつも無口で殆ど喋らないレイシャが、割と饒舌に話しかけてきていることに。もしかしたら、それだけ必死に訴えかけているのではないだろうか。

「レイシャ、エートのどれい。だからエートのもの」

突然、レイシャが妙なことを口走った。

「もう奴隷じゃない。だから奴隷なんて言っちゃダメだよ」

「わかった。レイシャいわない。エートのゆうこと、きく」

やはりレイシャは必死だった。必死に瑛斗たちについて行きたいと言っているのだ。

「エートのゆうこと、なんでもきく。なんでもする。だから……」

レイシャの顔が、見る間に泣き顔でくしゃくしゃに歪んでいく。

何が起ころうとずっと泣くことのなかったレイシャが、ここにきて遂にボロボロと大粒の涙を零し始めた。

「ほらレイシャ、鼻水拭いて」

「ん、うび」

瑛斗はポケットティッシュを取り出すと、レイシャの鼻を拭いてやる。

鼻を真っ赤にしたレイシャは、瑛斗の目を覗き込むように首をちょんと傾げて「……ほんとだよ？」と不安げに言う。

こうなるともう一緒に連れて行ってやりたいものだがどうしたものか。実はその最難関は、瑛斗の後ろに立っているハイエルフである。

「私たちエルフ族は森の種族だけど、よくもまぁ、この私の目を欺いたものね。殆ど気配を感じなかったわ」

アーデライードは呆れたように言うと、瑛斗を指で呼び寄せた。

「なに、アデリィ」

「ちょっといいかしら?」

何を言われるかは、想像に難くない。アーデライードは「道を戻って返してきましょう」と瑛斗に言った。しかし、戻ったとしても単純計算で二時間以上は、サプたちと離されている可能性がある。追いつけるかどうかは運次第だ。

「子育てなんて、あなたには無理だわ……私はもっと無理だけど」

そう言うアーデライードの言も一理ある。瑛斗はずっと異世界に常駐しているわけではないのだ。

こういう時、爺ちゃんはどうしたのだろう。

振り返って、レイシャの目をじっと見た。無表情なレイシャの中に、複雑な感情が入り交ざっていることに、もう瑛斗は気付いている。じっと見つめ返すレイシャの中には、相当な意志の強さが感じ取れることを。それは間違いようがなかった。

瑛斗は「もしも、だよ」と前置きをして、アーデライードに聞いてみた。

「アデリィがレイシャと同じ立場だったとしてさ。爺ちゃんが……ゴトーが君を連れて行かない、グラスベルの森へ置いていくって言ったら、どう？」

「えっ、やだ」

「絶対に、置いていく」

「やだ、絶対にやだ」

「駄目だ。ならんもんはならん」

爺ちゃんだったらきっと、こういう風に言うんじゃないだろうか。そしてじっと目を見つめ、それ以上は何も言わずに背中を見せるだろう。

「えっ、えっ、やだ、やだ……やだよぅ……！」

ゴトーとアーデライード。共に歩んだ二人の旅は、今でも鮮烈な思い出となって焼き付いている。瞬時に遠い昔のあの頃へ引き戻せるほどに。頑なゴトーならば、こうと決めたら決して曲げることはない。

「だめ、そんなの絶対、だめ……」

アーデライードはすっかり心細くなってしまった。余りに動揺してしまったせいか、声までもが震えている。掌で掬い上げた水は、いつかはみな零れて失われてしまう。そんな喪失感に襲われた。

そうだった。今まですっかり忘れていたのだ。

幼い頃の自分にとって置いて行かれることは、想像を絶するほど辛いことだったのに。それなのに、こんなにも辛いことを自分がいとも簡単にしようとしていたなんて。

「ダメ、ダメ、絶対にダメッ！」

アーデライードの血の気はすっかり引いてしまった。絶望にも似た青ざめた色が表情に表れている。いつもはピンと伸びたハイエルフの耳も、ぐったりと萎れて力なく垂れ下がった。

そんなアーデライードの様子を見て、瑛斗は謝罪した。

「もしも、だよ。そこまで悲しませる気はないんだ。ごめんよアデリィ」

「わか、わか、わかってるわよぅ……そ、そんなの……」

口に手を当ててわなわなと震えているアーデライードの肩を掴むと、瑛斗は優しく語りかけた。

「それでも、レイシャを置いていけと言うことができるかい？」

「ダメよ！　そんなの絶対にしちゃダメだわ！」

正反対の言葉が口を衝《つ》いた。本心は渋々だ。絶対に上手くいきっこないと思っている。けれど自分の身に置き換えたら、とても我慢できることではなかった。何があろうが絶対に、その後を追いかけるに決まっているのだ。

幸い『悠久の蒼森亭』には、瑛斗が三階に借りている長期滞在客室《キープルーム》がある。レイシャはそこへ住まわせることができるだろう。

アーデライードとそこまで話したところで、瑛斗は決意を新たにレイシャへ向き直った。

「レイシャ、一緒に行こう」

「……ん」

とととっと瑛斗へ駆け寄ると、レイシャは瑛斗の腰にしがみ付いた。

レイシャの頭を優しく撫でながら、瑛斗は約束を誓った。

「君が大人になるまで、俺が護ってやるからな」

こうしてここからは、瑛斗とアーデライード、ダークエルフのレイシャ。

不思議な組み合わせの三人で、暫し旅をすることとなった。

はてさて、目指す街まではもう少し——の、ハズである。

二人のエルフと春の旅

グラスベルの玄関街・イラを離れて十二日目。

アーデライードが目指す目的の街へは――未だ到着していない。

「この丘を越えれば見えてくるはずよ！」

先頭を進むアーデライードが元気よく一行の士気を煽った。

しかし彼女がそう言うのは、これで何回目だろうか。

「ねぇアデリィ」

「なに？」

「レイシャの視線が背中に刺さって痛かったりしない？」

無表情なレイシャの瞳が、いつにも増して鋭く尖っている。気がする。

ダークエルフ特有のつんとした視線が、今にも飛んでって刺さりそうだ。

「ホ、ホントだって、ホント！　次こそホントだから！」

ずっと視線を泳がせていたアーデライードが、くるりと瑛斗の方へ向き直った。

「あっ、なにそれ？　なによ、それ！」

するとハイエルフ特有の猫のような吊り目を真ん丸く見開いて、ようやくこちらの状況に気が付いたようだ。

アーデライードの指差す先は、瑛斗のバックパックにサブ装備で取り付けられていた、極軽量アルミ製の背負子《しょいこ》。その上に座るのはレイシャである。

ちょうど瑛斗の腹側の方に、後ろから抱っこするような形で座らせている。

「ああーっ、ズルだ！　ズルいわ！」

「仕方ないだろ。アデリィに騙されて丘の上まで何回走ったと思ってるんだ」

「それは、ホラ。騙される方が……」

「悪くないよね」

「ごめんなさい」

レイシャは偵察部隊よろしく、率先して丘の向こう側を確かめに行った。だがその度に首を振って健気に戻ってくる。少なくとももう三回はやっている。

やがてレイシャが歩くのを辛そうにし始めたのを見た瑛斗は、この背負子に乗せて座らせてやることに決めたのだ。

レイシャの身体は綿毛のように軽い。よって瑛斗としても苦になる重さではない。

「もうそろそろなのは、間違いないのだけれど……」

アーデライードの表情だけは、真面目そのものである。

「丘の数が増えたのかしら？」

「それはないよね、アデリィ」

代わりに口にすることは、存外に無茶苦茶である。

「ね、それよりもエイト」

「なに？」

「それ、次は私ね！」

と、背負子を指差した。むろん瑛斗はその申し出を丁重にお断りした。

さてそんなことよりも、瑛斗の不安は別のところにある。

「アデリィ、本当に大丈夫なんだろうな？」

なにしろ約十四日間を予定していた旅の行程が、今日でもう十二日目。

何事もなく折り返したとしても、イラの街まで十日はかかる距離である。

「任せなさい！」

と、アーデライードの口だけは頼もしい。

どういう計画でいるのか。彼女は「楽しみにしているといいわ」と言うばかりで、決して内容を教えてはくれない。何らかの確証があって口にしているとは思うが、それが分からない瑛斗は不安になる一方である。

決して彼女のことを信頼していないわけではないが——戦闘と精霊語魔法《サイレントスピリット》以外で頼りになることがあったか？　と問われて、すぐに思い出せないのが辛いところだ。

「あーあ、それにしてもすっかり春の陽気よねぇ！」

急に気分を変えたくなったのか、アーデライードは「うーんっ」と声を上げて一つ伸びをすると、スキップしそうな勢いで歩き出した。

言われてみれば春の日差しはポカポカと暖かく、先月までの冬の寒さが嘘のようだ。

春の陽気は、冬の間に感じる何処か閉塞感めいたものを解放してくれる。この辺りの感覚は、現実世界でも異世界でもまるで変わることはない。

「へいイェイ！　スターにゃ春がきたぁ〜♪」

突然、アーデライードがなんだか妙な歌をイェイイェイ言いながら歌い出した。

旅の間、いい陽気の日には「ふんふん」と鼻歌を歌うことがあったが、こんなにハッキリと声を出して歌うのは、初めてかも知れない。

昭和の懐メロなんかでありそうな歌だな、と瑛斗は思ったが、実際には今まで聞いたことのない曲だった。

「山にも、海にも、春がきたぁ〜♪」

「ねぇ、アデリィ」

「なによ？」

「ヘイイェイ・スターってなに？」

「知らない。けれどなんと言うか、こういう街道のことよ？」

「そんな日本語はないよ……」

それを言うなら『ヘイイェイ』じゃなくて『ハイウェイ』じゃなかろうか。

どうやら爺ちゃんの口遊《くちずさ》んでいた歌が好きだったらしい。昔ながらの昭和っぽいメロディをうろ覚えたアーデライードが、手前勝手に作詞・作曲しているのだ。

「なんて歌？」

「わかんない。神の啓示《インスピレーション》だわ」

「インスピレーション……」

それはさておき。一緒に旅をしていた頃の歌だということだから、半世紀は昔ではなかろうか。

爺ちゃんっ子だった瑛斗でも、流石にこの歌は全く聞いたことがない。

「曇天模様にゃ何のその、どんぶらこっこでごまみそずいぃ～♪」

なんだかよく分からなくても、もうお構いなしのようだ。

とにかくこの曲は、気持ちよさを優先して歌うものらしい。

「カーンカーン、ナウでヤングなかしまし娘にゃ♪」

「………」

「ハーイカーラ、イナセでリップなクラウン娘さ～ぁ♪」

「クラウン娘って何？」

「いいんじゃない？　クラウン娘なんだから、王様の娘……姫でしょ？」

いつもは言葉を大事にしている言語学研究者のアーデライードが、随分と乱暴なものである。しかし折角気持ちよく歌っているものを、わざわざ水を差すこともあるまい。

「ずんたか、ずんたか、ずんたかたー♪」

「………」

「ずんどこ、ずんどこ、どっこいしょー♪」

もうこの辺になると、アーデライードが何を言っているのか分からない。

「イェーイ！　イェーイ！　イェイイイェーイ！」

歌い終わったその時に、背負子に座るレイシャが声を出した。

「あ、まち……」

いつの間にか丘を越えて、見渡せば目の前に広大な海……いや、これは湖だろうか。その湖の淵の一角には、多くの船が並ぶ港街の賑わいが見て取れた。

今度こそアーデライードの目指す街。旅の終着点が見えたのだ。

ますますご機嫌になったアーデライードは、更に続きを歌い始めた。

瑛斗ら一行は街へ着くまでずっとこの調子で、ラストの街道をひたすら歩むことになった。

◆

レイシャと出会った宿場町を旅立って二日ほど東南の街、漁港リッシェル。

漁港といってもこの街に海はない。聖なる森《グラスベル》より流れ出た、母なる二本の大河と様々な支流が流れ込む大合流点。巨大な湖のような川辺にリッシェルはある。

肥沃な土壌を持つ大森林から流れ出た大河により、豊富な栄養素を含むこの周辺で育った川魚は質量共に良質で、陸の鮮魚市場として有名だ。

かつて蛇行していた名残であろう。周辺には三日月湖が至るところに点在する。

そのため街全体が川や湖の上に建設されている場所が数多く、街の散策は橋の上を歩くような感覚に近い。これら珍しい建築物群は、観光資源としての需要が高いという。

よってこの街は漁港としての機能の他、様々な商店が立ち並ぶ観光地《スポット》としても人気を誇っている。

リッシェルの街へ辿り着く、ほんの二週間足らずの間に様々なことがあった。

チルダとの出会い、レイシャとの出会い。今も思い出すだけで胸が躍る。

あっという間に駆け抜けた想いもあり。密度の濃い日々だった想いもある。幼い頃から夢見てきた異世界へきてよかった。瑛斗は心の底からそう思う。

初遠征で目指した最終目的地・リッシェル。

初めて異世界の旅に於いて終着点を迎えた瑛斗としては、丘の上から眺めたあのリッシェルの街並みは、非常に感慨深い記憶となった。

ただし、この街並みをゆっくりと楽しむことはできそうにない。旅の途中に起こった冒険で当初の行程より二〜三日の遅れとなったためだ。よって残された滞在時間はそう多くなかった。

当初予定していた観光ができなくなった代わりとして、三人は市場で買い物《ショッピング》を楽しむことにした。

「だってこの子、そのままの服ってわけにはいかないでしょ」

キッカケはアーデライードのこの一言からだった。

レイシャの服は相変わらず、瑛斗のTシャツを腰紐で結んだだけの簡素なもの。ここまでの道のりで、服屋など一軒も存在しなかったためだ。

色々工夫は施してみたものの、サイズの合わない服と似合わないデザインばかりは、これ以上どうしようもない。水浴びは可能な限り毎日させているが、切り揃わない前髪やボサボサの後ろ髪は、成形しないと瑛斗には手の施しようがなかった。

瑛斗は十六歳で、センスと甲斐性のない父親の気分を味わった気分だ。

「それとね、アデリィ」

いつも歯切れがよい瑛斗が、珍しくもごもごと口籠る。

「なに?」

「うん、その……」

「なによ。ハッキリと言いなさいよ」

「レイシャのパンツも買わないと……」

「……もしかしてこの子、穿いてないの？」

奴隷の時に着ていた服の時からレイシャは穿いていなかった。いや、穿いていたのかも知れないが、行水させて服を着せる時にはもう存在しなかったのだ。

レイシャは特に気にする素振りもなく必要なさげな雰囲気だったので、そのまま少女のペースに呑まれてしまった格好だった。

「い、いや、穿かせていないわけじゃないんだ」

もちろん瑛斗も工夫はした。自分の白いシャツを破いて作った褌《ふんどし》のような紐パンツを何着か作ってみた。しかしレイシャを水浴びさせる時には、もう穿いていないのだ。

なので、瑛斗には手の打ちようがなかったのである。……言い訳である。

「今朝は穿かせてみたけど、今はどうなのか自信がないな」

「……買い物行くわよ、エイト」

「ん？」

「今日はガッチリ買い込んで、エイトの手間を一つなくしてあげようじゃない！」

どちらかと言えば、これはアーデライードたっての要望のような気がする。それに旅の途中で荷物を増やすのはどうなんだろうな、と瑛斗は思った。

しかしレイシャをこのままにしておくわけにはいかないのも事実だ。

「さぁ、行くわよエイト！」

「分かったよ……これは、戦争になるな」

瑛斗はごくりと喉を鳴らした。なにしろお洒落元帥《コーディネーター》アーデライードの買い物戦争が、今ここに高らかに宣戦布告されたのだ。

いつも母の買い物に付き合わされてはぐったりする父の背中を見て育った瑛斗である。即座に絶望と諦めという名の覚悟を完了させるのだった。


瑛斗にとって、異世界で最も長い午後を過ごした後のこと。

両手に「俺……どうやってこれを持っているのだろう？」と瑛斗自身が思う程の荷物を持たされて、とある店舗の前へきていた。

「……治療院？」

「そうよ。大きな街では治療院に併設されてることが多いの」

買い物を終えて次に辿り着いたのは、レイシャの髪を切るための理髪店のはずである。

だが異世界にはまだ専門の理髪店がない。殆どの場合は髪を伸ばしっぱなしか、家族同士で切り合うことが多いためだ。

治療院に理髪師のような専門家を置くのは、頭部の治療や衛生管理の観点からである。この制度も勇者ゴトーが持ち込んだ……という噂があるが、定かな説ではない。

「ほら、行ってきなさいな」

アーデライードが半ば強引にレイシャの肩を押す。レイシャはまるで動かないどころか、瑛斗の腰にしがみついてしまった。

「ちょっと待っててね」

人見知りが激しいこの少女を一人で行かせるのは、まず無理な話だろう。一通りの荷物を治療院の端へ運び終えると、瑛斗が院内からレイシャへ手を差し伸べる。

「それじゃ行こうかレイシャ。終わるまで一緒にいてあげるからさ」

そう瑛斗が促すと、レイシャは素直にこくりと頷いた。

「……本当にエイトの言うことは聞くのね」

「アデリィが強引すぎるんだよ」

それでもアーデライードは、不機嫌そうに口を尖らせる。

「だから子供って嫌いよ」

「大人とか子供は関係ないよ。自分だって子供の時はあったじゃないか」

そう言って瑛斗は笑う。老成しているような、達観しているようなことをたまに口にするが、お爺ちゃんっ子だったせいもあるのかしら。アーデライードがぼんやりと考えている隙に、瑛斗から何気ない調子でとんでもない台詞を放り込まれた。

「アデリィだって、いつか子供を産んだ時どうするのさ?」

数秒の間を置いて、アーデライードの長い耳が「ぴゃっ」と跳ね上がった。

え？　え？　え？　え？　え？　え？

様々な質問・疑問・難問・奇問が、ぐるんぐるんと頭の中を駆け巡った。

漠然と考えなかったことがないこともないことはないないあるない。けれど実際に面と向かって言われると、物凄い威力を持って迫ってくるのだ。

瑛斗によく似たハーフエルフの赤ちゃんを抱く自分の姿が、不意に頭に浮かんでしまって即座に打ち消す。いやいやいやいやいや、そんな、まさか、ないないあるないいない。

アーデライードはあっという間に大混乱に陥ると、彼女の周囲を囲むように混乱の精霊がカーニバル真っ盛りとなった。

「へんなの」

硬直して動かなくなったアーデライードを目にしてレイシャが呟いた。

魔力《オド》と精気《マナ》が乱れきって舞踊《ダンス》してる。こんなの初めて見た。

とても面白いけれど、エートが呼んでる。いかなくちゃ。

そうして瑛斗とレイシャは、手を繋いで治療院へと入って行くのであった。

真っ白に憔悴しきって固まった、憐れなハイエルフを一人置き去りにして。

◆

ここは、料理酒場『水面《みなも》の桜亭《さくらてい》』のテラス席。

レイシャの理髪が終わるまで、瑛斗らとの待ち合わせに決めた場所である。

何処か懐かしき日本家屋を随所に感じさせる佇まい。すぐ横を渺然《びょうぜん》たる大河が流れ、遥か遠くの景色まで見渡せる非常に良い眺望。

アーデライードがこの店を選び、このテラス席に陣取った理由がよく分かる。

夕日の沈みかけた黄昏時の水面には、幾多の橙色《だいだい》をしたランプの灯りがゆらゆらと浮かんで、幻想的な風景を醸し出していた。

テーブルの上にずらりと空のジョッキが並んでいるのはご愛嬌。そうでもしなくては、気持ちを落ち着かせることなどできようハズがなかったのだ。

「……驚くわね。元々素体は良いと思っていたけれど」

理髪を済ませたレイシャへの第一声が、アーデライードからもたらされた。

「本当だよ。俺も凄く驚いた」

我が娘のことのように満足そうな笑顔を浮かべる瑛斗の隣には、髪を整えて買ったばかりの服へ着替えたレイシャが、寄り添うようにちょこんと立っていた。

みすぼらしかったダークエルフの少女は、今や別人と見違えるほど。毛並みの美しい黒猫のように可愛らしくなっていた。

理髪士の腕が良かったこともあるだろう。だがそれだけでないのは確実だ。

茅《チガヤ》の穂のように真白き髪はサラサラとたなびき、その黒曜石の如くきめ細やかな黒き肌をより引き立てた。秀麗な眉目も然《さ》ることながら、印象的な仄赤き瞳はエキゾチックな魅力をますます解き放つ。

絶世の美少女である辛口ハイエルフからも「これほどまでとはね」と、驚愕とお褒めの言葉を頂戴するくらいである。美少女の目から見ても、エルフ族の目から見ても、十分に美しい造形をしているということだろう。

「凄いねレイシャ。君はとても美人さんだよ」

瑛斗がそう声を掛けると、レイシャは小首を傾げて尋ね返してきた。

「エート、うれしい?」

瑛斗は不思議な気持ちになった。こういう場合、美人さんだと褒められて嬉しいのは、どちらかといえばレイシャの方ではなかろうか。

「えっ? レイシャは?」

「エートうれしいと、レイシャうれしい」

「うーん、そうなのか? 俺はもちろん嬉しいよ」

瑛斗がレイシャの正面を向いて真面目に答えると、彼女《レイシャ》は下を俯いて、テーブルの傍に落ちていた小石を、足先でころころと転がして弄り始めた。

それがどういう意思表示なのか、瑛斗にはよく分からない。

このところレイシャの言いたいことが分かってきているつもりだったのだが、と自らの過大評価に苦笑して頭を掻く。

だが。しかし。だがしかし。

真横で見ていたアーデライードは気付いている。幼女《レイシャ》のアレは「照れて恥ずかしがっている」のだと。

それというのも、アーデライードには心当たりがあった。

「やったわ……私もああいうのを、ゴトーにやった……気がする……」

アーデライードは頭を抱えてテーブルに突っ伏した。

過去の自分を見ているようで、心が痛い。凄く痛い。痛すぎる。

レイシャからの精神的打撃《マインドダメージ》が過去の自分に反射《リフレクト》して倒れそうな程に、痛い。気絶しそうなほどに、痛い。むしろ自室のベッドで白目を剥いて気絶したいくらいだ。

もしかして、もしかしてよ？

ゴトーは大人になった私に対しても、ずっと「ああいうつもりで」接していたんじゃないでしょうね？　そう思うだけで過去の自分をひっぱたいて人生をやり直したくなる。

「でも、それじゃあダメよ。ダメなのよ。勝てないのよ……ふ、ふふ……」

自嘲気味に呟いて、だったら今なら勝てるのかと思案する。

「……主人《マスター》！　お酒を！　お酒を頂戴!!」

精神の混乱《バーサク》を抑えるには、何かを口にしていないといられない。けれど今日は「料理もじゃんじゃん持ってきて頂戴！」と付け加えるのを忘れずに。

何といっても今日は、特別な日なのだ。

「エイトの初遠征達成のお祝いなんだからね、盛大に振る舞わなきゃ！」

この辺りを気遣えるようになったのは、少し大人になった証拠よね。ゴトー！

◆

今日は、リッシェル名物の川魚中心の夕餉《ゆうげ》となった。

「なんだか、和食みたいだ」

瑛斗がそう思うのも無理はない。

まずは、鮎《あゆ》とニジマスの塩焼きから始まり、白魚《しらうお》の踊り食い、川海老の唐揚げ、鯰《なまず》の天ぷら、鰻《うなぎ》の白焼きと骨煎餅。

「というか、和食そのもののお品書き《メニュー》なのよ」

アーデライードが胸を張る。それはこの店のとある特色にあるという。

そう言って、テーブルの上に置かれた小瓶を手にして曰く、

「これが秘密を解くカギよ」

「あ、分かった。もしかして……」

「多分正解。答えは『お醤油』よ」

この旅で随分と洋食ばかり食べてきた瑛斗としては、故郷の味がありがたい。

「嘗てこの辺りの調味料といえば『魚醤』しかなかったの」

魚醤とは、別名ナンプラーともいう。魚介と塩を漬け込んで醗酵させた液体状の調味料である。日本で言えば、秋田の「しょっつる」等が有名だ。

「ゴトーったらねぇ……」

アーデライードがなにやら思い出したようで、くすくすと笑う。

「ここの魚を気に入っちゃって、食べるのに醤油を欲しがってね。どうするのかと思ったら、大豆畑を作っちゃったのよ！」

「そういや、鰻の白焼きの横のこれも……」

「うふっふ！　そう、山葵《わさび》よ！」

ついでに周辺の清らかな湧水地を見つけて、山葵田《わさびた》まで作ってしまったのだ。

「その珍しい味と名産の発生から、ここリッシェルは一大観光地としても名を成すまでになったわけ」

「あれ？　醤油・山葵ときたら、もしかして……」

「相変わらず瑛斗は勘が良いわね」

ちょっと待ちなさいな、と言いつつ「んふー」と妙な笑い声を洩らす。

暫くすると、幾つかの大皿が瑛斗らのテーブルへと運ばれてきた。

「じゃーん！ これをエイトに見せたかったのよ！」

それは様々な鯉《こい》料理だった。鯉のあらいに始まり、うま煮、鯉こく。

そのうちの鯉こくを見て、瑛斗が声を上げた。

「あっ、やっぱりだ！」

「そうよ。『醤油』ときたらやっぱり『味噌』よねぇ」

アーデライードが言うには、当初は爺ちゃんの気まぐれだったという。

リッシェルの魚介類をいたく気に入った爺ちゃんが、近くの高台に小屋を借りて、様々な野菜畑を作り始めたことから始まった。最終的には現実世界から少量の米麹を持ち込んで、数年の試行錯誤の末に、醤油や味噌などの発酵調味料を作り上げてしまったのだ。

これがいつの間にやら漁師たちの間で評判となり、それが旅人の口承《こうしょう》に乗り、大陸のあちこちへと広まって行って、現在《いま》に伝えているのだそうだ。

「今ではリッシェルで門外不出の技巧として、王国から庇護を受けながらこの味を守っているの」

そしてこの酒場『水面の桜亭』は、ゴトーが持ち込んだ料理法《レシピ》の数々を、一番最初に継承した伝統ある店舗の一つだという。

店の傍には爺ちゃんが植えたとされる桜の木が六本あるが、リッシェルを訪れる時期が遅かったために、すっかり散ってしまったそうだ。しかしよくよく川面を見れば、花筏《はないかだ》の名残が見えた。

「それで『水面の桜亭』なんだね」

「そうよ。次は桜の見頃にきましょうね、エイト」

アーデライードは見る間に顔を上気させて、少し興奮気味に尋ねてきた。

「ねぇ……どう？　ねぇ、どう？」

「凄い。凄いよ、アデリィ」

「エイト、ゴトーの遺した功績を辿ってみたいってよく言うじゃない？」

「うん、よく言ってた」

「だから旅の目的地はリッシェル。そしてここのお店をエイトに見せたかったの！」

爺ちゃんの遺した功績を知り、爺ちゃんの遺した日本料理を嗜む。

初めての旅、終着地の晩餐としては、最高のシチュエーションだった。

アーデライードが一生懸命に旅をコーディネートしてくれたのがよく分かる。

「ありがとう、アデリィ！」

「いいのよ、もっと褒めてもいいのよ！」

「アデリィ、偉い！　アデリィ、凄いっ！」

「んふっ、んふふーっ！」

お互いテンションが上がって、軽く手を取り合ってはしゃぎ合う。

そんな様子を見ていたレイシャは、いつもの無表情で白魚の踊り食いを飲み干すと、鮎の塩焼きに頭からかぶりついた。

「おいしい」

そうして、歴史ある大河の漁港・リッシェルの夜は更けていくのであった。

◆

「それで、どうやってイラの街まで帰るつもりなんだ？」

一晩明けて、十三日目の朝。瑛斗らは昨夜泊まった宿屋の前にいた。

アーデライードが数人の運搬人《ポーター》を雇い入れ、昨日散々買い込んだ荷物は、彼女が指定した何処かへと運び去られたところだ。

あれだけ「任せなさい」と啖呵《たんか》を切った以上、アーデライードにはなんらかの方策があるはず。

だがその詳細は、まだ明かされていない。

「エイトは薄々気が付いているんじゃないの？」

アーデライードがニヤニヤと尋ねてくる。

これまでの旅の中で、瑛斗に心当たりが全くないわけではない。

「うーん……まぁね。今回の旅は共通点が一つだけあるからね」

「ほう、それではエイト君。答えを言って見給《みたま》え」

「川……かな。船で遡上して帰る」

「正解よ、エイト！　あなた本当によく頭が回るわね」

旅をしてきた旧交易街道は、グラスベルより流れ出た大河に沿うように敷設されている。この異世界で徒歩よりも速い交通機関は「船」ではないか。漁港を丘の上から眺めた時に思い付いたことだ。

ここのところ暖かい春の南風が強く吹いていたので、帆走による遡上は可能だと感じていた。しかしまだ完全に正解だと言い切れない部分が瑛斗にはある。

春の雪解け水による増水である。普段よりも急なこの川の流れは、遡上するには適していないのではないか。瑛斗はそう考えているのだ。

「そうね。この時期、グラスベルの北東に位置するグレイステール山脈の雪解け水で、川嵩《かわかさ》は増しているわ。でも――」

アーデライードは「だからこそなのよ」と言って、如何にもなドヤ顔をした。

「さぁ、行きましょう！」

白銀《プラチナ》に蜂蜜を一滴落としたような金髪を翻すと、一行を船着き場へと誘《いざな》った。

船着き場周辺は、多くの人でごった返していた。

様々な露店が立ち並び、川辺周辺はまるでお祭り騒ぎのようだ。

「これはいったい……？」

レイシャが迷子にならぬようにと、肩車をしてやることにする。すると見通しが良くなった肩の上のレイシャが、瑛斗の耳傍まで顔を寄せて囁いた。

「エート、あのね、おふね、いっぱい」

レイシャがわざわざ口に出して告げるくらいだ。どうやら川の水面にかなりの船が並んでいるのだろう。

「アデリィ、これから何が起こるんだ？」

「んふ、流石のエイトも分からないようね」

アーデライードは、久々に得意満面で解説をし始めた。

「瑛斗は海嘯《かいしょう》って知ってるかしら？」

「かいしょう？」

大潮の干満差によって海水が川を逆流して起こる潮流である。海水が高波となって壁のように押し寄せる。別名、潮津波ともいう。

瑛斗の世界では、ブラジルのアマゾン川を逆流する「ポロロッカ」や、中国銭塘江《せんとうこう》の「銭塘江潮」などが有名である。

「この時期は、干満差がすごく大きくてね」

更に雪解け水も加わって、今日は特別大きな「大海嘯」となり川を逆流する。

漁港として有名なリッシェルの街は、この「大海嘯」でも有名となりつつあるのだとか。おかげで春の大潮の日は、様々な場所から物見遊山の旅人たちが集まって、ちょっとしたお祭り騒ぎになるそうだ。

元々大海嘯は災厄として忌み嫌われていたが、今では観光名物となり始めている。ゴトーによる魔王討伐以降、食糧事情も改善し、自然災厄も娯楽となりつつあるのかも知れない。

「この波に乗れば、あっという間にイラへ辿り着けるわよ」

「危なくないのか？」

「たまに転覆する船もあるし、かなり危険ね」

恐ろしいことをアーデライードはさらっと言ってのける。

「もしも川に落ちても精霊語魔法があるから。大丈夫、大丈夫」

彼女の魔法に依れば、水上を歩くことも、水中で呼吸することも可能だ。それが可能な精霊使い《シャーマン》だからこそ、平然としていられる芸当であろう。

こうして瑛斗ら一行は、船でイラまで遡上して帰ることとなった。

船に乗り込んで周囲を見回すと、二十隻ほど中型の帆船が並んでいる。これらの船も大海嘯の波に乗り、それぞれの街へと旅立ってゆくのだろうか。

船の中には簡易的な貨物室があった。恐らく宿屋で雇い入れていた運搬人《ポーター》たちは、アーデライードの買い物の山をこの船に積み込んだに違いない。

当のハイエルフはといえば、すぐさま船の舳先《へさき》へまっしぐら。最先端を陣取ると、瑛斗たちを「早く早く」と手招きをしている。

傍《はた》から見ていると、遊園地でジェットコースターを楽しみにしていた女子高生のようにしか見えないはしゃぎっぷりである。

暫くぼんやりと景色を眺めていたが「そろそろじゃない？」と言うアーデライードの声に川面を見ると、水面が徐々に盛り上がり白波が立ち始めているのが分かる。

ついでに周囲を見渡せば、ある船は錨《いかり》を上げ、ある船は舫《もや》い綱を外す。瑛斗の乗る船も帆を張り始めた。

「くるわよ、くるわよ……ホラ、きた、きたきたきたっ！」

今か今かと待ちわびていたアーデライードに、その時がやってきた。

小高い丘ほどもある高波が船尾へと迫りくると、各船一斉にその波に乗って水面を滑り出した。

「すごい！　アデリィ、すごい速いね！」

「あはは！　でしょう？　これならイラまであっという間よ！」

一体何ノットくらい出ているのだろう。計器のないこの船でそれを知る由はない。しかし体感速度で言うならば、瑛斗が小学生の頃に離島へ遊びに行った時の、高速船くらいのスピードが出ているのではなかろうか。この速度ならば、アーデライードの言う通り十二日かけて踏破してきた道のりも、あっという間に折り返せそうな勢いだ。

「これは……すごい！　すごい爽快だ！」

瑛斗は強風で乱れた髪を押さえつけ、風に負けぬ声を張る。

船の揺れで落ちないようにレイシャを後ろから抱えていたが、特に問題なさそうだと身体を離す。

身軽な彼女は船揺れにやや翻弄されながら、手摺《てすり》にしがみついて物珍しげに川面に躍る波を眺めている。

「レイシャ、怖くない？」

瑛斗が尋ねると、レイシャはこくりと頷いて、

「おさかな、とんだ、おいしい」

と言った。レイシャの「おいしい」とは、昨日食べた魚でもいたのだろうか。

舳先で大きめの波が砕け、水飛沫が三人の上にかかる。

「あはは！　あはははは！」

アーデライードが突然、愉快そうに大口を開けて笑い始めた。

「なに？　どうしたの？」

「これだけでも愉快なのに、思い出しちゃったのよ！」

瑛斗とアーデライードは、強風と波音に負けぬよう大声を出して会話する。

「その昔ね、ゴトーたちとね、これに乗ったことがあるのーっ！」

「爺ちゃんたちと？」

「そうよ！　そしたらこの速さに、あはははは！　エルルカのやつ、真っ青になっちゃって！　あーはははーっ！」

アーデライードは心の底から愉快そうに、思い出し笑いをしている。エルルカとは六英雄の一人、『鉄壁の聖闘士』と呼ばれたエルルカ・ヴァルガのことだろう。

笑いの種になっている大英雄には気の毒だが、その船旅もアーデライードにとって良い思い出の一つなのだろう。

瑛斗もまた思い出の中の一人になれたのだ、と思うと嬉しさが込み上げてくる。

「へいイェイ！　スターにゃ春がきたぁ～♪」

感慨を噛みしめていると、すぐ真隣ですっかりゴキゲンな歌声が響いてきた。

アーデライードが例のおかしな歌をまた口遊み始めたのだ。

彼女の歌を聴いていたら、だんだん瑛斗まで楽しくなってきた。歌詞もメロディもよく分からないまま、アーデライードと一緒になって肩を並べて歌う。

レイシャは相変わらず無口だけれど、ちょっと縦に揺れている……気がする。

「イナセで、リップな、クラウン娘よ～ぅ♪」

「ずんどこ、ずんどこ、どっこいしょー♪」

「イェーイ！　イェーイ！　イェイイェーイ！」

こうして瑛斗たちの春の旅は、船上で幕を閉じるのであった。

ハイエルフの憂鬱な旅

雨。

まるで旅の終わりを待っていたかのような、春雨。
真っ白く煙るグラスベルの森に、しとしとと静かに降り注ぐ。

ハイエルフ特有の長い耳を立て、精霊の囁きを聞いてみる。
どうやらここ数日は、こんな天気が続くらしい。
アーデライードは「やれやれ」と声に出して呟いた。
瑛斗と離れてまだ三日目。なのに寂しさばかりが募る一方だ。
「エイトとの旅が、楽し過ぎたのよね……」
ベッドの上で寝転がり、独り言ちる。
次に逢うまでの中五日が、こんなにも長く待ち遠しく感じるなんて。

長命なハイエルフの宿命か。時間の経過など気にするに値しない。
今までは幾ら引き籠もろうが、何も気にならなかった。
時間なんて無限に湧き出すもの。その程度でしかなかったから。
だが今は。半年前に彼と出逢ってからは、その気持ちが一変した。

勇者ゴトーとの永き旅を終えた後。
数十年の間は、殆どの時間を言語研究に没頭して過ごした。
一説には「寿命がない」とまで言われるエルフ族である。
時間に追われる、貴重な時間が、といった概念がまるで薄い。
研究で無駄に時間をかけようとも、読書だけをして過ごそうとも。
一日ぐうたら寝て終わることすらまるで平気だった。
だから時間の経過なんて、暫く忘れていた概念《もの》なのだ。

それが今は、一日一日が長く愛おしく感じられる。
ゴトーと旅したあの日々も、こんな気分だったと思い出す。
瑛斗と過ごす刻《とき》だけは、どうかゆっくりと流れますように。

きっと大切に、大事に過ごしますから。
そんな気分にさせてくれる、この毎日、この時間、この一瞬。
だから人は、日々を大切に生きるのだろう。

◆

遠く遠く、山の向こう側で響く春雷を聞き、ふと我に返った。
読んでいたデスク上の『コージエン』を閉じる。
食事も摂らず、すっかり引き籠って熱中していた。
朝の光で目覚めてからずっとそのまま。飲まず食わず。
丸一日、読書をして部屋に引き籠っていたのだ。
『コージエン』は、瑛斗から受け取った異世界の辞典だ。
旅から帰った直後に、瑛斗からお礼と共に渡された。
「お待たせしたね。旅の間、ありがとう」
だがアーデライードにしてみれば「こちらこそ有難う御座います」だ。
この異世界の辞典にあるものは、単なる読み応えだけではない。
見知らぬ世界。興味深い内容。新しい知識。

それらが、山脈のようにてんこ盛りなのだ。
内容と価値に於いて、森向こうのグレイステール山脈よりも高い。
あくまでも自分基準ではあるけれど。
ベッドの上に寝転がると、ぼんやりと天井を見つめてみる。
梁《はり》の木目を数えながら、一つ一つ瑛斗との旅を思い出す。
長い間、忘れていたけれど、色々あるのが旅なのよね。
踏破した道のり、様々な街並み。戦いや、冒険や、人との出会い。
思い出の一つ一つが、落ち葉のように深く高く積み重なる。
やがてそれが一つになって、宝石のように輝き出すのだ。
そこで、ふとあることに気が付いた。
……アレをすっかり忘れてた。瑛斗が置いて行った、アレ。
何を考えているのかよく分からない、ダークエルフの子供。
三階には瑛斗の長期滞在客室《キープルーム》を借りてある。
基本的に異世界の物質は、瑛斗の現実世界へ持ち出せない。
だから異世界の衣服や冒険の道具一式は、全てをこの部屋に置いておく。
主《エイト》がいない間は使われることのない、ポカンと空いた部屋。
ここに、あのダークエルフのちびすけを住まわせているのだ。

あの子、ちゃんとご飯を食べてるのかしら？
お金は持たせてあるけれど、使い方が分かるかどうかも怪しい。
別に放っておいてもいいけれど。
そのままにして病気にでもなられちゃ、瑛斗に申し開きできない。
……面倒臭い。けれど放ってもおけない。
重たい気持ちを引きずって、様子を見に行くことにした。
のろのろと三階まで下りる。瑛斗の部屋の前。
ドアノブを握ると、しっかり鍵がかかっていた。
扉をノックしてみる。何も返事がない。
再びノックしてみる。何も返事がない。
「ねぇ、いるんでしょ？　開けなさいな！」
それでもやはり、何も返事がない。
指をタクトのように揮い、風の精霊を使役する
部屋の中の様子を窺ってみると、風を感じた。
水中へ沈むように深く探ると、ベッドから小さな小さな風。
この風は呼吸。息を潜めるような、呼吸の風。
きっとベッドの中で丸くなって、縮こまっているのだろう。

「食事は摂ったのでしょうね？」

仕方なしに扉越しから尋ねてみても、返事はなかった。

これだから子供は嫌いだ。

何の成果も得られずに、アーデライードは瑛斗の部屋を後にした。

◆

「ねぇ、アレックス。あの子にちゃんとごはん与えてる？」

ここは『悠久の蒼森亭』二階酒場のカウンター。慌ただしい夕食時が終わり、店内には落ち着いた雰囲気が漂い始めている。

アーデライードに「アレックス」と呼ばれた男は、グラスに琥珀色の酒を注ぎながらバーカウンター越しに振り向いた。

「与えてる？　……ってあのさ、犬や猫じゃねぇんだからさ」

アレックス・モルガンは『悠久の蒼森亭』で酒場の主人《マスター》を務める男である。彼とは良い飲み仲間で、瑛斗が異世界《こっち》へきていない日は、毎日のように寝酒がてら相手をしてもらっている友人だ。

今も秘蔵のグラスを取り出して、お互いの晩酌を楽しむ時間だった。

「毎日ここでちゃんと食事を与えるようにって伝えてあるでしょ？」

「くるにはきてるよ。なんていうか、客のいない時間帯を狙ったようにさ」

レイシャは食事のために毎日きてはいるようだ。

但しそれは、一日一回。

アレックスは無精髭を弄りながら、レイシャの様子を語った。

「あの子はさ、こう、硬貨の入った袋を出してさ、じっとこっちを見るんだよ。仕方がないんで、硬貨を一枚だけもらってちょっと待たせるんだ。そんでもって料理の皿とパンを出すだろ？　目を離した隙にいなくなってる。毎日これの繰り返し」

皿は翌朝、ちゃんとカウンターに置いてあるそうだ。

「ホントに犬か猫のようじゃない……」

「や、俺も心配だからさ。パンは多目に。あと水筒も一緒に置くようにしている」

それを聞いたアーデライードは、腰のポシェットから財布袋を取り出した。

「ごめんなさいね。お幾らになるかしら？」

「いや、構わんよ。微々たるもんさ」

子供料金は設定していないんでね、とアレックスは丁重に断った。その後で「アデルの飲み代に比べたら断然安い」と皮肉を付け加えるのを忘れない。

アーデライードはアレックスの無駄口をさらりと受け流すと、深い溜息をついた。

「私、あの子の気持ち、分かんない」

「でも、例のお孫さんの言うことは聞くんだろ？」

例のお孫さん、とは、ゴトーの孫である瑛斗のことだ。

「……まぁね」

「だったらアデルにもできることさ」

アレックスは珍しい紙巻煙草を指に挟んだまま、グラスを傾ける。

アーデライード特製ロックアイスが、かろんと音を立てた。

「そうかしら」

「そうさ。なにせ君の隣にはずっと、いいお手本がいたんだろ？」

不貞腐れていたアーデライードは、思わず相好を崩す。

「なによそれ。まるでゴトーが私の扱い上手だったみたいじゃない」

「そう聞いてるけど？」

お互い真顔で見つめ合ったが、耐え切れなくなって噴き出した。

「それは六英雄の息子としてのアドバイス？」

「ハハハ、俺はダメさ。なにせお手本がダメだった」

「否定しないでおくわね」

「こいつは手厳しい」

そう言って二人はグラスを合わせ「キンッ」と小気味よい音を鳴らせた。

◆

夜更けて朝までは未だ永く。床に就けど目は冴えて。
梟《ふくろう》の声を遠くに聞きながら、アーデライードは考える。
私たちエルフ族っていうのは——
ええ、私はハイエルフだけれど——少しアンバランスなのだと思う。
それは私が人間と居過ぎているから、気付いたのかも知れない。
人間と接していないハイエルフは、きっと気付いていないだけ。
大人と子供の境界を、明確に線引きできない曖昧さ。
相当な歳月をかけて相応の知識量を得ているくせに、気持ちは子供。
大人になってもいい歳なのに、人と比べて大人になりきれない。
逆に言うならば、人間は早く大人になりすぎる。
もっとゆっくりと大人になればいいのに。
早く大人になるのは、早く歳を取り過ぎるからじゃないだろうか。

人は何故そんなに早く歳を取って、そんなに早く死んでしまうのだろう。
置いて行かれてしまう私の身にもなって欲しい。
ずっと一緒にいたくてもいられないなんて、理不尽過ぎるじゃない。
同じ時間を共有できれば、私は。私はもっと――
いいえ、それだけでいいのに。それはいつも思うこと。

「ねぇ、いるんでしょ？　開けなさいな！」
一夜明けて、翌日の朝。
昨日と同じ。三階の瑛斗の部屋の前。
扉をノックしてみる。何も返事がない。
ドアノブを握ると、やはり鍵がかかっていた。
再びノックしてみる。何も返事がない。
仕方がない。最後の手段に出ることにするか。
「レイシャ、折角エイトがきてるのに！　いいの？」
部屋の奥からばたばたと慌てる足音が聞こえた。
ドアが開かれると、ダークエルフの子供が飛び出してきた。
アーデライードと目が合うと、その子は目を見開いた。

「残念。嘘よ」

レイシャが扉を閉めようとしたところを、片手でガッチリと押さえる。

非力なレイシャでは、それ以上どうすることもできなかった。

「ちょっとだけ話を聞きなさいな」

レイシャが部屋の中へと逃げぬよう、ひょいと廊下へ摘み出す。

「私はね、エイトにアンタの面倒をみるように言われてるの」

本当は特に言われていない。そう言った方が効果があると思っただけだ。

両手を腰に据え、説教をするようなポーズで諭す。レイシャは棒立ちのまま、大人しく言うことを聞いている——いや、聞いているように見える。

なにせレイシャの表情はまるで変わらない。相変わらずの無表情で、反省しているのか、不満があるのか、まるで読み取ることができなかった。

仕方なしにしゃがんで目線を合わせてみた。瑛斗がよくやっている仕草だ。

「言われた約束を守れないのはね、絶対に嫌なのよ。分かるでしょう?」

レイシャは表情一つ、眉一つ動かすことはない。思わず精霊の動きまでも探ってみたが、それでもレイシャの感情を知ることができなかった。

「ねぇ、何か少しは喋りなさいよ。それじゃちっとも分からない」

それでもレイシャは、全く声を発しない。

アーデライードは苛つく気持ちを必死に抑えながら、粘り強く問いかける。

「分かってるの？　分かってないの？　ねぇ……どっちなの？」

どちらの問いにも答えることなく、レイシャは終《つい》ぞ下を向いたまま。

「……いいわ。好きになさいな」

レイシャは扉を静かに閉じた。アーデライードは深い溜息を吐いた。


ぼーっと自室の天井を眺める。

窓の外は、退屈な春の長雨。

気持ちが鬱屈《うっくつ》してしまうから、眺めるのはもうやめた。

アーデライードには、何か引っ掛かっていることがある。

モヤモヤと霧が掛かっているような、そんな気分。

レイシャを見ていてずっと、気になって仕方がなかったこと。

「大人とか子供は関係ないよ。自分だって子供の時はあったじゃないか」

瑛斗はそう言って笑っていたっけ。

それでは自分が子供の頃って、どうだったのだろうか。

ハイエルフにとって子供の頃なんて遠い昔。

子供の頃のことなんて、すっかり思い出すことなんてない。

でも――

あの人と一緒にいた時は、別。
あの頃のことならば、鮮明に思い出せる。
ゴトーを待ちながら、じっと過ごしていた日々。
部屋の中に引き籠り、ずっと一人で本を読んでいるような子だった。
誰とも遊ばず、騒ぐこともない。大人しい子供。
周囲からは「手間のかからない良い子」だと褒められたこともあったっけ。
でもそれは違う。ただ単に臆病なだけ。
臆病で外が怖い。誰とも喋りたくない。何処へも行きたくない。
そんなことばかり考えていた。
ぼんやりと天井を眺めつつ、よくよく我が身を振り返ってみれば。
あの人にとって、自分はかなり手間のかかる子だったに違いない。
そんな子供にあの人は、粘り強く付き合ってくれていたのだろう。
「……あ、なんか分かっちゃった」
起き上って膝を抱え、窓に映る自分の顔を眺めてみる。
レイシャを見ていて、何か嫌になる気持ち。
モヤモヤとしていた気分は、たぶんこれ。

レイシャは昔の自分によく似ているんだ。
自分と同じ、鏡写しみたいな反応に、嫌気がさしていたんだと気が付いた。
ハッキリとものを言えず、うじうじとしていたあの頃。
外へ一歩、いつまで経っても踏み出すことができやしない。
寂しくて、怖くて、そんな臆病な自分が嫌いで。
閉鎖的なハイエルフの森の中で、縮こまって生きていた、自分。
そこから勇気を持って、外へ踏み出すまでの、自分。
よくよく思い出せば、第一歩の決断だってゴトーがいたからだ。
ゴトーに手を引いてもらって、やっとできたことだったのに。
多分レイシャも同じ。瑛斗の手を離せない。
何もかも失って、寂しくて、怖くて、仕方がないんだ。
グラスベルの森の中。瑛斗をじっと待つ二人。
春雨は、優しく窓に降りかかる。
じっと瑛斗を待ちわびて、お互いに寂しさを募らせるのだった。

◆

土曜日の朝。今日は瑛斗がやってくる日。

長く続いた春雨がやみ、久々の晴天に濡れた草木が頭を擡《もた》げ始めた頃。

朝日降り注ぐ『悠久の蒼森亭』の最上階。アーデライードの専用客室《キープルーム》。

その窓辺で頬杖をついて外を眺めていると、こちらへ歩いてくる人影が見えた。

瑛斗だ――いつもの異世界の軽装姿に、大きな包みを二つ持っているのが見える。

それと同時に飛び出してゆく、小さな影が一つ。

「あっ、あの娘《こ》ったら！」

レイシャだ。きっと瑛斗を待ちきれず、ずっと外で待っていたのだろう。

子狐のような素早さで駆け寄ると、瑛斗の周りをうろうろと纏わりついた。

「あっ、あっ……ああーっ！」

部屋中にアーデライードの悲鳴が響く。纏わりつかれて歩き辛そうにしていた瑛斗が、片手でヒョイとレイシャを持ち上げたのだ。

抱っこだ。レイシャは彼の首に手を回し、ぎゅーっと抱き着いている。

ずるいずるいずるい！　私だってしたことないのに！

ああもうって、何よそれ！　私だってしたことないのにって、何よ!?

そんなのしたいなんて、してってしたいって……なんなのよ!?

ううあ、もういい！

急いでクローゼットの扉を開くと、レビテーション・ブーツに履き替える。

部屋からテラスへ飛び出して、そのまま宙へと身を躍らせた。

だいたい三階辺りまでは自由落下。そこから先は空中浮揚《レビテーション》の効果でゆっくりと下りてゆく。

そうして瑛斗の元へ駆け寄ると、彼は目を丸くして言った。

「凄いな、アデリィ。君がそんな風に下りてくるのを初めて見たよ」

驚いた顔の瑛斗を見て、アーデライードは「しまった」と思った。

まるで瑛斗に逢いたくて、慌てていたみたいじゃない！

子供みたいな自分の行動に、思わず赤面してしまう。

これではレイシャのことを注意するなんてできやしない。

「もしかして今のも、精霊語魔法《サイレントスピリット》の一つなのか？」

「……どちらかといえば、あなたが仕掛けた魔法だわ」

「えっ？　どういう意味？」

「なんでもない」

そう言い残して、アーデライードはくるりと背を向ける。

すたすたと『悠久の蒼森亭』の入り口へと向かって行ってしまった。

残された瑛斗は、仕方なくレイシャに尋ねてみた。

「あれって、どういう意味なんだろうな？」

「レイシャと、おなじ」

「えっ？　なにが？」

「エート、にぶい……」

まさか幼い少女にそう言われてしまうとは。

それでもキョトンとしていた自分に気付き、瑛斗は思わず苦笑した。


アーデライードの後を追って、瑛斗は『悠久の蒼森亭』二階のテラスへ足を運ぶ。

果たして彼女は、お気に入りの場所にいた。

「アデリィ、どうしたの？」

話しかけてみたが返答がない。頬杖をついてそっぽを向いたまま。

怒っている素振りでもないので、暫く様子を見ることにした。

仕方なしに同じテーブルへ着くと、続いて隣に腰かけたレイシャへ問いかけてみる。

「レイシャ、何か変わりはなかった？」

「特段何もなかったわね」

「いい子にしてた？」

「私はいい子にしてたわよ」

「ごはんはちゃんと食べてる？」

「お酒も飲んでるわね」

「ああうん、アデリィはよく分かった」

聞いているのか、いないのか。いちいち絡んでくる気まぐれハイエルフを軽くいなすと、瑛斗はレイシャの目をじっと覗き込んだ。

すると非常にゆっくりとレイシャが目を逸らし始めた。小さな変化だが、瑛斗にはそれで十分だった。

「ねぇ、レイシャ。俺はずっとこっちにいられないけどね。次にレイシャに逢う時まで、ちゃんと元気でいて欲しいと願ってるんだ」

レイシャの瞳がひゅんと動いて瑛斗の瞳を見つめ返した。

「それだけ」

瑛斗がそう言ってにっこり微笑むと、レイシャはこくりと頷いた。

その様子を横目で見ていたアーデライードは、人差し指を口唇に当てて「ほぅ」と感嘆の溜息を小さく洩らした。

あれだけ何の感情ひとつ動かさないダークエルフの子供が、明確な意思表示を示すのだ。しかも瑛斗は何も命じていないし、問い質すようなこともしていない。

耳元へ顔を近づけて、こっそりと瑛斗に聞いてみる。

「アンタね、それっていったいどういう技よ？」

「え？　技ってなにが？」

「どうやって意思疎通できているんだか」

「そうだな。爺ちゃんがこんな感じだったなって、やってるだけさ」

言われてみれば、と自分が子供の頃の、ゴトーのことを思い返す。

確かにあの人は叱ったり命令を言い付けたりしなかった。瑛斗よりもっと朴訥《ぼくとつ》な調子で「心配している」とだけ伝えられた気がする。

当時はあまり共通語《コモン》を理解できていなかったから明確ではないけれど。

「ん、そうか……昔は言葉なんかいらなかったんだ」

「どうしたの？　爺ちゃんのことを思い出してる？」

思ったよりもずっと単純で簡単なことなのだろう。それを自分よりもずっと年下の瑛斗から教えられてしまった。その上、当の瑛斗といえば昔話の方に興味津々のご様子。ちょっとだけ不満が募った。

「ん、よく分かったわ。エイトは女泣かせの幼女殺し《キラー》」

ジトッとした目でアーデライードが悪態をつく。

「へっ？　急に変なこと言うなよ、アデリィ」

「エート、よーじょ、きらー？」

「レッ、レイシャまで真似しなくっていいって！」

瑛斗にはこれくらいの仕打ち、許容してもらいたいものである。

「あっ、ああ、そうだ。渡すものがあるんだよ」

その場を取り繕うかのように、瑛斗が大きな包みを二つ、テーブルへ置いた。

一つをレイシャの方へと押しやって、包みを開く。

「レイシャは何も持ってないからね。従妹《いとこ》のお古とか色々ともらってきた」

皆で立ち上がって、袋の中身を広げてみる。すると中からは、可愛らしい洋服や、積み木のおもちゃ、絵本などがざくざくと出てきた。

レイシャはその中からクマのぬいぐるみを見つけると、ぎゅっと抱きしめた。

「あれ、それが気に入ったのか？」

レイシャは少し上気した顔で、こくりと頷いた。

「そうか。気に入ってもらえたみたいでよかった」

ああ、今ならレイシャの気持ちが分かる。アーデライードはそう思った。

無表情なレイシャだが、心の中は嬉しさで溢れていると。翻って自分はきっと、明らかに不満そうな表情を浮かべているだろう。

まだ幼い少女と自分を比べてしまってはダメだと分かってはいるが、瑛斗からもらったプレゼントを抱いて満足そうなレイシャを見ていると、どこかモヤモヤとしてしまう。

「それでね、こっちの包みはね、アデリィ」

瑛斗はもう一つの包みを「気に入ってもらえるか分からないんだけどね」と前置きをしながら、アーデライードの方へと押しやった。

「えっ？　えっ？　これ、私が開けてもいいの？」

「もちろんだよ。旅のお礼に、ね」

想いも寄らぬプレゼントに、アーデライードの心はぴょんぴょんと飛び跳ねた。

大きな塊は触るとふわふわと軟らかく、中身はまるで想像つかない。躍る心を懸命に抑えつけながら、アーデライードは包みのリボンを解いた。

「わわ、なにこれ?!　……かわいぃ！」

瑛斗がアデリィに持ってきたものは、ペンギン型の抱き枕だった。

「ずんぐりとしたこれは何？　鳥なの??」

瑛斗は笑いながら「そうだね、鳥だよ」と答えた。

「この生き物はね、俺の世界で『アデリーペンギン』っていうんだ」

「アデリィペンギン！　私と同じ名前！」

「そう。だからこれを店頭で見かけて、ずっと気になってたんだよ」

嬉しい！　嬉しい！　瑛斗からのプレゼント！

可愛ぃ！　可愛ぃ！　私と同じ名前の異世界の動物！

もう嬉しさを隠すことなんてできやしない。

様々な精霊たちが飛び回ってしまうのもお構いなしで、心の底から喜んだ。
するとその様子を見ていた瑛斗が、声を出して笑った。
「二人とも、そうしていると姉妹みたいだね」
瑛斗に言われて隣を見ると、クマのぬいぐるみを抱くレイシャがいた。
そして私は、大きなペンギンのぬいぐるみを抱いている。
レイシャと目が合った。相変わらず何を考えているか分からない瞳。
無表情で、無愛想で、全然喋ろうとしない、へんな子。
瑛斗から教えられても、この子を理解するなんて、まだまだできそうもない。
けれど今は――確実に分かっていることが一つだけある。
それはね……
今の気持ちは二人とも、きっとおんなじだってこと！

あとがき

はじめまして。めたるぞんびでございます。

この度は、本書をお手に取って頂きまして、誠にありがとうございます。

さて本作品は、二〇一五年の七月より『小説家になろう』にて連載を開始している異世界転移ジャンルのファンタジー小説であり、自身初の長編小説になります。

小説の執筆そのものは、学生時代に演劇を経験していたこともあり、戯曲などと共に短編を幾つか創作したことはありましたが、本格的に開始するのはこれが初めてになります。

今まで自分は漫画が大好きで絵をよく描いていました。とにかくアイディアが有り余っていた自分に「画力のないめたるぞんびでは、一生掛かっても漫画じゃ表現しきれない」という友人のアドバイスを受けたことにあります。その意見は「尤もだ」と何の躊躇もせず、すとんと腑に落ちました。

そうなると今度は試行錯誤の連続で「どうすりゃいいものか」と躊躇《ためら》いましたが、ウェブならではの「いつでも手直しができるから、とにかく書け」という友人の叱責……もとい、助言を受けまして、それはそれで「またもや尤もだ」などと、再びすとんと腑に落ちたもので、執筆作業の船出と相成りました。

では、こういった長編小説を書くにあたりまして最初にやってみたいと考案したのは、長編小説としておおよそ数十万字を目安とした『描けない作品』を書こうという点です。

チャレンジしたくなる『描けない作品』として、自分の画力ではとてもじゃないけど、『表現しきれなかった世界観』の物語となります。

異世界に来てみれば、絵にも描けない美しさ——例えば、広大で勇壮なフィールドを駆け廻る大冒険であったり、神話の中の怪物たちであったり、何万人の騎士たちが激突する大戦争であったりするわけです。

そこで脳裏に浮かぶのは、学生時代に夢中になって遊んでいたＴＲＰＧの世界観。その中で何よりも圧倒的な憧れは『ハイエルフの美少女』という存在でした。

幻想的にして人間味に溢れ、優美にして凛々しく、可憐にして勇壮無比な魔法を操る。これこそ自分では絵にも描けない、何よりも魅力的な存在ではありませんか。

そんなハイエルフの美少女と共に、主人公がじっくりと成長する物語にしよう。大冒険ではなく、のんびりと旅をする作品にしよう——ですから拙作のタイトルは『冒険』ではなく、もうちょっと緩めの『ハイエルフと行く異世界の旅』となったわけです。

そんな作品の読者様である皆々様におかれましては、お楽しみ頂ければ幸甚に存じます。

それではまた、いつかどこかでお会いできますように。

ありがとうございました。

二〇一八年一二月　　めたるぞんび

BKブックス

ハイエルフと行く異世界の旅

2019年1月10日　初版第一刷発行

著　者　めたるぞんび

イラストレーター　羽公《はこ》

発行人　角谷治

発行所　株式会社ぶんか社
〒102-8405　東京都千代田区一番町29-6
TEL 03-3222-5125（編集部）
TEL 03-3222-5115（出版営業部）
www.bunkasha.co.jp

装　丁　AFTERGLOW

編　集　株式会社 パルプライド

印刷所　大日本印刷株式会社

ISBN978-4-8211-4502-7